MÈRE JUSTICE

Du même auteur

L'Agneau carnivore, Stock, 1975. (Points Seuil.)
Ana non, Stock, 1977. (Livre de Poche.)
Scène de chasse furtive, Stock, 1978.
Pré-papa, ou roman de fées, Stock, 1979.
L'Enfant miraculée, Fayard, 1981.
L'Enfant-pain, Seuil, 1983.
Maria Républica, Seuil, 1983.
Un oiseau brûlé vif, Seuil, 1984.
Bestiaire, Pré-aux-Clercs, 1986.
L'Homme à genoux, Julliard, 1989.
L'Aveuglon, Stock, 1990.

Théâtre

Interview de Mrs. Morte Smith par ses fantômes,
Actes Sud, 1985.

Agustin Gomez-Arcos

Mère Justice

Roman

Stock

Les yeux ouverts, elle attend l'aube. Patiemment, comme elle le fait nuit après nuit depuis la mort de Julien. Invisible dans le noir, son regard en éveil fixe la fenêtre dont les volets entrebâillés laissent pénétrer une trompeuse clarté de lampadaires, plongeant la chambre dans une vague pénombre sans relief. Seuls les premiers éclats du jour effaceront cet univers sans formes que l'absence de son fils rend plus pauvre que jamais. Un lieu sans vie. Un lieu où tout rappelle que la mort change la plénitude en vide. Même si rien n'a bougé. Même si meubles, vêtements, livres et jouets sont restés à leur place. Une place morte : celle des objets que nulle main n'utilise. Elle aurait pu en faire une sorte de chantier funéraire, comme chez les anciens. Julien aurait aimé. Imaginer cette pièce en chambre mortuaire de pharaon. Voilà qui aurait comblé sa fantaisie d'enfant nourri de bandes dessinées. Hélas, la réalité est beaucoup plus terre à terre, comme on dit. Elle l'emporte sur le rêve : ici, ce n'est que le néant. Julien et sa mémoire se trouvent ailleurs. Un ailleurs à double

7

nom : son cœur, le cimetière. Sans parler de l'autre place, celle de victime nécessaire, où la justice l'a cantonné : *affaire classée.*

Voilà : son fils mort n'est qu'une affaire classée. Et son meurtrier est libre. Blâmé, mais libre. Et vivant. *Vivant.* Sa libération date d'à peine deux semaines, et elle prouve le pire. Ce pire qu'un procès hypocrite avait fait craindre : devant *certains* crimes, la société choisit de fermer les yeux. Pudiquement. Mais pas elle. Non, pas elle ! Elle a appris à vivre les yeux ouverts. Peu importe si, pour les autres, le monde sans Julien n'est pas un monde vide. Il l'est pour elle. Vide de Julien. Vide d'amour.

Aujourd'hui, ce monde vide, elle va le remplir de mort. Chacun son tour.

Le réveil sonne. Six heures et demie. Elle l'arrête net. Puis allume la lampe de chevet, souvenir de jeunesse placé près de Julien comme un fil tendu entre leurs deux enfances. Une sorte de cordon ombilical à présent inutile ; dérisoire, même. Diffusée par l'abat-jour lie de vin, une lumière cyclamen se répand dans la pièce. Cette ambiance irréelle, sa mère l'assimilait jadis au luxe et à l'aisance ; papa, lui, disait en souriant : « Ta chambre fait bordel, ma fille ; elle me rappelle... » Mais il s'interrompait, jugeant sans doute préférable de garder ses souvenirs pour lui. Aujourd'hui, cet éclairage douteux prend la place de son cœur, réveille dans son sang le sang de Julien, creuse

8

davantage l'abîme de sa mémoire. Tout à l'heure, elle éteindra cette lampe. Et elle ne la rallumera plus. Jamais plus. Sa décision est prise. Sa conscience a fini par lui donner le feu vert, elle a enfin bâillonné ses scrupules, cessé de faire la difficile. Tant mieux. Vivre sans conscience se révèle payant. Plus payant, en tout cas, que de vivre dans l'espoir déçu. Ça vous libère. Oui, une liberté secrète dont on n'est pas tenu de rendre compte. Ou plutôt une justice parallèle. Sans autre juge que soi-même. Sans autres lois que celles que dictent ses propres entrailles. Bien sûr qu'elle songe à son fils. Encore et encore. A la mort de son fils, mort bafouée. Elle le sait à présent : la mort d'un noir mérite moins de justice que celle d'un chien. Or son fils était noir.

Elle n'a pas fermé l'œil de la nuit. La ville, elle, fait la paresseuse. Peu importe. Elle ne voit pas pourquoi elle traînerait au lit. C'est un jour comme les autres, même si le long week-end de Pâques commence juste ce matin. Depuis la veille, comme la plupart des gens, elle aurait pu se dire : « Je suis en vacances. » Elle ne l'a pas fait. Elle n'est vraiment pas en congé. Coupée du reste du monde, oui, peut-être même pour toujours. Mais pas en vacances. En réalité, il lui reste à accomplir le travail de sa vie. Une tâche toute spéciale, pour laquelle elle ne sera jamais payée. Ni remerciée. Un travail urgent. Mieux : un sale boulot, rendu inévitable par la mort de Julien. C'est aujourd'hui qu'il lui faut s'en occuper. Pas hier. Pas demain. Aujourd'hui sans faute. Elle est prête à le faire. Même si cette journée s'annonce la plus longue de celles qu'il lui reste à vivre. Une journée interminable. Vivement la nuit.

Ses pieds cherchent ses pantoufles. A l'instant, Ourson accourt lui flairer les orteils, joue avec un pompon, puis renonce, inconstant ; il lève ensuite la tête vers elle et miaule. Elle lui caresse le museau sans pour autant lui dire bonjour, comme chaque matin. Ce matin, elle n'a plus de mots. Pour personne. D'un regard absent, elle considère la démarche féline du compagnon fidèle qui revient à la charge, se frotte en ronronnant contre sa cheville, ou feint de la mordre. Soudain, elle forme un vœu : que ce doux simulacre devienne réalité, que l'animal se décide à la déchiqueter à petites bouchées, jusqu'à ce qu'il ne reste plus rien d'elle. Plus trace de cette femme accablée assise sur son lit. La solution idéale : disparue dans la gueule vorace du chat. Volatilisée. Du coup, plus rien à dire, plus rien à expliquer. Sinon, quels mots pour expliquer ou dire ce qu'elle va entreprendre aujourd'hui ? Ou pour le justifier ? Car les mots sont coupables. Toujours. Et le seront à jamais. Le langage n'est pas fait pour l'innocence ; bien au contraire, il sert la ruse, la fourberie, la justice des forts. C'est lui qui entraîne la perte des faibles, leur damnation. Mieux vaudrait ne pas avoir de langue du tout. « Monsieur le Juge, cette pauvre femme n'est pas en mesure de fournir au

10

tribunal une quelconque explication de son acte. Elle n'en a pas les moyens, elle est muette. »

— Viens, Ourson. Ce matin, tu as droit à double ration de lait. C'est ton dernier jour dans cet appartement, le sais-tu au moins ?

En route vers la cuisine, Ourson rase les murs, le bas des meubles ; sa queue dressée le suit comme une blanche oriflamme. Dans sa tête, petit-matin, repas et cuisine ne font qu'un. Un tout indissociable. Un rite journalier.

Avant la mort, c'était Julien qui s'occupait de lui. Il lui donnait à manger et l'appelait Ourson, sa blancheur lui rappelant les bébés ours entrevus jadis dans un documentaire sur le pôle Nord. Blanc des neiges éternelles : un éblouissant mystère pour un môme noir, pensait sa mère, elle-même fascinée par la couleur de peau de son enfant. Elle se disait : *J'ai enfanté la face cachée du monde.* Elle et lui, mère et fils, avaient enfin réussi à conférer à ce monde sa plénitude. « Oui, mon bébé, ensemble nous sommes la perfection du monde. Dieu l'a voulu ainsi. »

Après la mort, c'est elle qui perpétue le rite. Qui, chaque jour, refait le même parcours, les mêmes gestes en répétant le nom de l'animal : Ourson, Ourson, avec la voix mi-flûte mi-contrebasse qu'avait Julien à quatorze ans, lorsqu'une balle de carabine l'a abattu. Rien ne vaut un coup de feu pour faire taire une voix. Marque et calibre de l'arme ont été froidement cités devant le juge. Mais elle les a oubliés. Patiemment, comme on efface une tache. Afin qu'il ne reste de la *pénible affaire* que l'absence de l'absent. Il faut qu'elle soit propre, cette absence du mort. Propre dans sa mémoire remplie à jamais de mort et d'absence. De fait, après le meurtre de son fils, elle s'est soudain sentie le corps vide, comme si le cadavre de Julien avait emporté sous terre tout ce que contenait son propre corps : cœur, tripes et le reste, la réduisant à une carcasse de mère pudiquement recouverte d'un imperméable élimé. Voilà : vidée d'un coup par cet arrachement, en une espèce d'autopsie brutale. Elle avait cessé d'être elle-même, d'être quelqu'un, pour devenir la mère d'un môme assassiné. Une drôle d'identité, de plus en plus courante, à en croire les journaux. Mère d'un corps fauché avant de monter en graine. Mère d'un souvenir tronqué, d'une branche de vie sectionnée, puis balancée dans un trou noir. Ces fleuves vivants dont le cours est interrompu par la haine des autres resurgissent-ils dans l'au-delà ? Parfois elle se pose la question. L'éternité n'est peut-être que cela : une perpétuelle résurrection de vies mortes avant l'heure. La miséricorde de Dieu y trouverait à s'exercer, offrant là-haut une seconde chance à ceux qui, comme son fils, n'en ont pas eu la moindre ici-bas. C'est entendu : dans la matinée, elle passera à l'église prier un moment. Enfin, prier... Dire plutôt qu'elle conserve l'espoir de revoir son Julien quand tout sera fini pour elle.

Ourson ronronne entre ses doigts, blanche fourrure sonore. Avant, il se hérissait, il n'appré-ciait nullement sa façon un peu brusque de le prendre. Cérémonie du lait et séance de brossage revenaient à Julien. C'était *son chat*, son bien, son souffre-douleur, victime docile de ses colères ainsi qu'objet privilégié de sa tendresse. Ronrons et câlins, miaulements et jurons se succédaient, se confondaient parfois. Vacarme, poursuites échevelées, parties de cache-cache, affûts et feintes : ils étaient petits, enfant et chat, un bout de couloir leur suffisait pour jouer à la bête traquée et au chasseur malin. Julien mort, elle a fait de son mieux pour le remplacer, y mettant une patience qu'elle n'avait jamais eue. Mais le malheur, qui nous vole tant, nous enrichit aussi d'un calme inédit, d'une compréhension nouvelle qui s'apparente à de la faiblesse. Allez savoir pourquoi !

Ourson se prêtait mal au jeu et prit son temps avant de l'accepter. Il cherchait Julien sous le lit, à la cuisine, l'attendait sur le pas de la porte, miaulait partout son désarroi. Il ne comprenait pas l'absence du garçon, d'autant plus inexplicable qu'il ne lui avait pas été donné de flairer son cadavre. Ça doit pouvoir flairer la mort, une bête, reconnaître la mort de la même façon qu'on reconnaît la vie. Et tirer le rideau, comme les humains, au lieu de vivre dans l'attente d'une présence dérobée. Puis, petit à petit, il s'y était fait. L'oubli, sans doute. Terne pendant des mois, son poil avait recouvré son éclat, sa vivacité presque électrique. Il venait réclamer auprès d'elle sa ration de lait, sa séance de brossage. Aujourd'hui, les quatre pattes en l'air sur ses genoux, il ne se doute même pas que c'est son dernier jour

à la maison. Son panier est prêt. Elle va l'emmener
à la S.P.A. Lui dire adieu. Beau comme il est, on
l'exhibera sans doute sur le petit écran, en quête
d'un nouveau maître. Il a une gueule d'annonce
publicitaire, le petit salaud. Il trouvera certainement quelqu'un. Un amoureux des bêtes qui
fondra à la vue de son joli minois. Elle lui souhaite
d'avance toute la chance du monde. Pourvu qu'il
ne tombe pas sous la coupe d'une de ces bonnes
âmes qui passent la sainte journée à tripoter leurs
animaux de compagnie comme une bigote son
chapelet, sous prétexte qu'un épanchement de
tendresse les aide à supporter leur solitude. Ourson serait bien capable de prendre la route des
gouttières. Ce n'est pas un chat à se laisser
manipuler ou asservir. Non, non. Sauvage. Indé-
pendant. Insoumis en diable. Il entend qu'on soit
là, présent et attentif, à sa disposition. La réciproque n'est pas de mise : quand le caprice lui
vient de vous ignorer, il ne vous reste plus qu'à
vous faire transparent. Et il vous ignore alors
totalement. Comme si même votre ombre n'existait pas. Il promène sous votre nez sa queue-
panache, s'étire, bâille, bondit d'un saut aérien sur
le bureau de Julien, s'y installe, contemple de la
fenêtre le spectacle de la rue, toisant les passants
d'un œil sans complaisance. Et vous, là, au milieu
de la pièce, seule à en mourir, désœuvrée par ce
morne dimanche d'après-mort, les mains vides de
tendresse, vous êtes réduite à l'état de fantôme.
La sale bête ! Les humains, au moins, ont une
mine navrée (cas de sa mère) ; ou au contraire, ils

14

en viendraient presque à te reprocher la mort de ton enfant, à l'imputer à un *faux-pas racial* (sa mère encore). Pas lui. Lui se borne à t'expulser du monde des vivants. Sans barguigner. Eh bien, petit salaud, tu vas finir mis aux enchères à la télévision ! Puis...

Puis elle se met à pleurer. Elle ne sait d'où elles sortent, à présent, ces larmes tardives. Des larmes absurdes, inopportunes, comme ces gouttes de pluie qui viennent vous picoter le visage au beau milieu d'une journée ensoleillée. Pas un nuage dans le ciel et pourtant la pluie tombe. Un mystère de la nature, « comme tant d'autres ». De ceux sur lesquels elle n'avait jamais réussi à fournir à Julien d'explications satisfaisantes quand celui-ci, âgé de six ou sept ans, lui posait à tout propos toutes sortes de questions. Pour répondre, il lui aurait fallu être une encyclopédie vivante. Elle se bornait à marmonner : « Tu demanderas demain à ta maîtresse. Tu ne vois donc pas que je suis occupée ? » Hélas, elle sait à présent qu'il n'avait pas la vie devant lui pour apprendre. Et elle s'en veut. Elle aurait dû faire un effort supplémentaire, fouiller sa mémoire en quête d'explications à lui donner. Mais aussi longtemps que la mort reste la grande absente, on ne prend pas la peine de s'en occuper. On n'y songe même pas. Après, c'est trop tard. Face à un gamin vivant et questionneur, comment imaginer que la mort le guette ? Pourtant, la mort ne fait que ça : guetter. C'est son métier. Elle est à l'affût de tout ce qui vit, humain ou non humain, jeune ou vieux, blanc ou noir. Elle n'est pas férue, comme nous, de considérations humanitaires, elle ignore royalement les droits et devoirs civiques. Elle fait la guerre à sa manière. Pour son propre compte. Comme une maquisarde embusquée. Nulle vie ne lui paraît une juste cause. Ah la salope !... A croire qu'elle est de mèche avec les faux vivants, ces assassins chasseurs de proies humaines — juges, honnêtes gens, flics, curés, militaires — qui considèrent la vie de leurs semblables comme quantité négligeable : un *état transitoire*, rien d'autre. Elle, la mort, roule pour eux. Elle travaille pour l'au-delà. Avec acharnement. Ce doit être sacrément vaste, l'au-delà, pour permettre à cette maudite d'y entasser autant de monde. Ce n'est pas comme ici où pratiquement personne n'a plus de place. Sauf les meurtriers, bien entendu.

Ourson miaule. Vite, ses croquettes. Pour les heures de repas, ce coquin se comporte comme un réveille-matin. Pas besoin de le remonter ; il se remonte tout seul ! Elle remplit son assiette qu'il vient flairer en ronronnant. « C'est ça, ronronne, veinard. Tu peux te le permettre : soins et couvert gratis... Je ne ferais pas de manières, à ta place. Sauf que moi, une toilette gratis, je ne risque pas d'y avoir droit avant le jour du grand départ, dans quelque morgue. »

N'a-t-elle rien de mieux à faire que de penser à la mort ? Elle n'y peut rien, tout l'y ramène : la grâce des fleurs et les roucoulements des pigeons, le ménage matinal et la nourriture du chat. La mort a investi la maison et l'accompagne partout,

16

elle a pris corps en elle et ne la quitte plus. Dès l'instant où Julien s'est écroulé sous les balles d'un petit salaud de bonne race, blanc et blond, la mort est venue combler les absences, réclamer toute la place, elle insiste pour se manifester ici et ailleurs, sans répit ni relâche, comme si gestes, mots, regards, mouvements, soupirs n'avaient pour objet que de la définir, la préciser, rendre sa présence incontournable, impérieuse. Cette mort vivante est celle de l'assassin. Elle survient comme la nuit après le jour : irrémédiablement.

— Vas-tu enfin cesser de renifler l'armoire ?

Ce vieux placard aux portes déglinguées recèle toujours les affaires de Julien : vêtements, chaussures, bouquins, casquette, baladeur, raquette et balles de tennis. Quelle idée, pour ce gosse, de se rêver juché sur le podium : champion olympique, proclamait-il ! Quoi d'autre que la mort aurait pu l'empêcher de nourrir ce genre de chimères ? La vie, sans doute ; mais plus tard. Les rêves... Ça ne coûte pas un sou, les rêves, ça ne mange pas de pain, et l'on va même jusqu'à dire qu'ils servent à façonner l'esprit, à rendre l'âme immortelle... Un piège à cons, oui. L'âme de Julien est morte. Criblée, comme son corps.

Quoique... Oui, quelque chose de Julien doit bien demeurer vivant dans ce placard, invisible mais vivant, un soupçon d'existence, pour que le chat vienne régulièrement y pleurnicher, comme elle sur sa tombe. Il y a du chien dans ce chat-là. Toujours prêt à fouiner là-dedans dès qu'elle a le dos tourné, comme il le faisait du vivant de Julien.

17

Du vivant de Julien... A-t-il donc eu une vie ? L'enfance plus un bout d'adolescence, peut-on appeler ça une vie ?

— Va, ton panier t'attend. Ne joue pas au plus malin avec moi, tout ça c'est bien fini !

Elle aurait dû le proposer à Monsieur Paul, ce chat ; lui aussi est seul. Même propre comme Ourson, un animal de compagnie crée certes des obligations, donne de nouveaux soucis. Mais ça meuble le temps. Il faut s'en occuper, le regarder, lui causer. Il suffit qu'il se trouve près de soi pour qu'on se surprenne à dire à voix haute : « Tiens, il commence à pleuvoir », ou : « Regarde, le soleil est de retour », sans pour autant avoir l'impression de parler dans le vide. Le vide n'écoute pas ; une bête, si. Avec Ourson dans les pattes, Monsieur Paul aurait peut-être cessé de fourbir ses armes à longueur de journée. Il en possède toute une collection, rangées dans une vitrine. Astiquées en permanence. On dirait des jouets. Mais ça ne sert pas à s'amuser, ça tue. Même si, chez Monsieur Paul, la mort a son côté ludique, comme il dit. L'homme se rend à la chasse à la palombe une ou deux fois l'an. Là-bas, dans le Sud, du côté des Pyrénées. Il appartient à nombre d'associations. Des sociétés de chasse, bien entendu. Des confréries. C'est bien cela : entre eux, ils se parlent comme des frères. Elle entend souvent le vieux narrer ses carnages au téléphone comme s'il s'agissait d'histoires tendres, de gestes d'amour. Ah, ces fous de la gâchette... Elle les maudit. Les maudira toute sa vie.

Bon, c'est vrai que Monsieur Paul n'est pas un mauvais bougre. Elle ne l'a d'ailleurs jamais vu l'arme à la main. En revanche, il la paie bien, lui fiche la paix. Elle est libre d'organiser la maison à sa guise, de faire le ménage et de ranger quand bon lui semble, d'entrer et de sortir à sa convenance. Parfois, alors qu'elle passe l'aspirateur, l'envie lui vient d'aller rendre visite à son Julien, pour débarrasser sa tombe des fientes de pigeon, des feuilles mortes, des herbes folles ; elle laisse tout en plan et s'esquive. A son retour, Monsieur Paul se borne à demander : « Le petit va bien, aujourd'hui ? » Elle en a les larmes aux yeux.

Non, elle n'en veut pas à Monsieur Paul, c'est un type bien. C'est aux armes qu'elle en veut ; elles, oui, sont méchantes. Lui, ça lui vient de la guerre. Une de ces anciennes guerres dites coloniales dont on parle encore de temps en temps. Afrique ou Indochine, peu importe, qu'il a faites, enseveli par le sable ou embourbé dans les marécages, luttant contre les bombardiers. Défense antiaérienne ou quelque chose d'approchant, elle n'a jamais su désigner avec précision les métiers de mort. Depuis cette époque-là, Monsieur Paul a pris le pli de tirer sur tout ce qui vole. C'est du moins l'explication qu'il donne quand on lui pose la question. Plus d'avions à portée de fusil ? On s'en fiche. Voici les cailles, les canards, les perdrix, les palombes... Rien ne l'arrête. Pas même l'arthrose. Toujours en train d'organiser quelque voyage pour abattre sa ration de volatiles. On dirait qu'il a un compte à régler avec le ciel. Ça lui coûte les yeux de la tête, mais ce n'est pas grave, il doit avoir les moyens : il est américain.

Là-bas, ce n'est pas ça qui manque, les moyens. Un pays plein à craquer de dollars, de fous de la gâchette, gangsters ou soldats, où chacun semble avoir une inclination naturelle à tirer sur n'importe quelle cible. Monsieur Paul laisse tranquille les cibles d'en bas, il ne s'en prend qu'à celles qui volent... Non, tout bien réfléchi, on ne peut confier un animal comme Ourson à un chasseur, ça lui ferait de trop longues absences, d'interminables périodes sans maître. Pas bon pour les bêtes de compagnie. Justement, elles aiment ça, la compagnie. Elles ne peuvent pas s'en passer. Ourson, par exemple : depuis que Julien est parti, il a maigri ; il perd son poil et son regard a terni. Pauvre chat ! Faut qu'on lui trouve une autre maison. Peut-être même une compagne, une belle petite miauleuse.

Elle prépare le panier.

Quelle galère, ce jeudi-là, quand, avec le môme — Julien venait d'avoir neuf ans —, elle était allée dénicher celui qui conviendrait le mieux à la future taille et à la *race* de son chaton. C'est Julien qui avait parlé de race, pas elle ; jamais elle n'aurait eu une idée pareille. Pour elle, un homme reste un homme, une bête reste une bête. A quoi bon compliquer la nature plus qu'elle ne l'est déjà ? Quand elle couchait avec son mec, elle ne se vautrait pas avec un nègre, comme le prétendait sa mère ; elle couchait avec un homme. Puis, après l'accouchement, cet homme à peau noire était devenu le père de Julien. Son père absent. Pas de questions. Pas de réponses. Pas d'arrière-pensées. Pas d'arrière-goûts morbides. Et pas de culpabilité non plus. La dialectique fielleuse de sa mère, elle s'en moquait bien ! Mais la mort de son fils a fait basculer pas mal de choses. Elle distingue à présent les races et les couleurs. Et elle voit rouge... Le plus moche avec nous, les humains, c'est qu'on n'est pas figés une fois pour toutes, comme les figures d'un tableau, toujours identiques à elles-mêmes ; nous, on bouge, on change, au point de devenir parfois méconnaissables !

Le panier est large et confortable. Aéré, matelassé. Un véritable nid pour poule de luxe, aurait dit papa. Il avait fallu y mettre le prix. Mais Julien n'entendait pas que son chaton fût à l'étroit, comme un fauve en cage. On avait donc arpenté les magasins l'après-midi entier, de Barbès au Pont-Neuf, pour dénicher celui qui conviendrait le mieux à Sa Majesté Ourson. Ils partaient le lendemain pour l'Ardèche, chez sa copine Denise. Un long voyage, sans doute mouvementé : d'abord le train, ensuite le car, puis quelques kilomètres encore dans la voiture de son amie, jusqu'à la maisonnette. *Bicoque*, qu'elle se nommait. Denise avait puisé le mot dans ses lectures chez le coiffeur. « J'ai une petite *bicoque* du côté de l'Ardèche », répétait-elle dans les bals antillais. Les autres la voyaient à Saint-Tropez ou Dieu sait où : la géographie n'était pas leur fort ! Rien, une sorte de cabane de bûcherons égarée en pleine nature et retapée « au goût de Paris », comme on en voit

21

souvent dans les suppléments dominicaux des magazines ; du moins c'est ce qu'elle affirmait, la chère Denise, en leur faisant faire le tour du propriétaire. Un quart de tour, à tout casser. Mais voilà : dès qu'on possède quelque chose, fût-ce insignifiant, c'est ainsi, on se met à péter plus haut que son cul.

Installer Ourson dans son panier se révéla une entreprise fort compliquée. L'animal refusait carrément sa prison, il feulait comme un fauve. Ses yeux lançaient des étincelles, ses griffes poussèrent chacune d'un bon centimètre. Ah, le beau numéro ! S'il l'avait fait dans un cirque, on aurait payé pour ! s'écriait Julien, ravi. Lui-même se voyait dompteur, son chat métamorphosé en lion... La pauvre bête fit un voyage difficile, tour à tour farouche, méfiante ou maussade. Ce n'est qu'au bout de deux ou trois heures qu'elle put s'habituer à son nouveau logis, y trouvant même à s'amuser en ressortant ses pattes par les orifices. Julien avançait son doigt brun avec précaution, Ourson faisait de même avec sa patte blanche. Rencontre. Jeu d'avances et de retraits. Elle contemplait cette amicale approche du blanc et du noir, couleurs en apparence si différentes, antagonistes. Ça n'est pas fait pour se mêler, le noir et le blanc, dit-on ; le résultat n'est plus une couleur, mais quelque chose d'hybride, d'aberrant. Elle-même s'était pourtant mélangée à un Noir, et le résultat avait été Julien : un miracle. Ce miracle que les autres appellent *métis*. Elle ne l'a compris que plus tard, trop tard...

22

Depuis ce voyage en Ardèche, Ourson se love dans son panier comme on s'installe dans ses meubles, il y emmagasine sa balle, ses boutons, ses boules de papier. Il l'a adopté. Quand Monsieur s'y retire, il convient de se dire bonne nuit et d'éteindre la lumière. Mais, aujourd'hui, il y prend place pour un tout autre voyage, en banlieue, là où chats et chiens sans maître trouvent pâtée et dortoir. Leur soupe populaire. Leur Armée du salut. Elle ne reverra plus son museau à l'affût, ses moustaches lustrées, son regard translucide : parfois, elle pense à deux gouttes d'eau remplies de lumière... Assez. Assez ! Elle jette un coup d'œil par la fenêtre, puis enfile son imperméable. La grisaille de la rue suggère un de ces froids humides et persistants qui transforment Paris en ville nordique. Elle n'aime pas cette atmosphère opaque, brouillée, comme perçue à travers une vitre embuée. Elle serre les pans de son imperméable, le boutonne, prend le panier, un parapluie, son sac. Celui-ci est plus lourd qu'à l'accoutumée, plus volumineux aussi, mais ça ne se remarque pas à première vue. De toute façon, le sac d'une femme ressemble à la poussette d'un clochard : on y trimbale sa vie entière, parfois sa mort avec. C'est son cas aujourd'hui.

Elle a comme un frisson, se ressaisit. Ouvre le fermoir et tâte l'arme. Le pistolet de Monsieur Paul. Astiqué, chargé, prêt à reprendre du service. Monsieur Paul ignore que ce moment-là est arrivé. A Pâques, il part à la chasse, comme d'autres vont à l'église ou à la neige. Ou sur les côtes du Sud.

Des loisirs du troisième âge. Elle, en revanche, n'a qu'une chose à faire pour ces Pâques-ci : abattre un être humain. Un être humain, vraiment ? Pourquoi appellerait-elle ainsi cette ordure ? Emprisonné, acquitté ou pourrissant sous terre, un assassin demeure un assassin.

D'accord, d'accord, la question est loin d'être innocente ou inopportune. Sans doute même devrait-elle s'en poser un tas d'autres. Elle le sait. Mais, depuis la mort de Julien, elle aussi se nourrit d'un silence analogue à celui que cette mort a répandu sur le reste du monde. Ni questions ni réponses. Muette. Devant un fait aussi criant, béant, irrémédiable, toute parole devient inutile. Car la parole raisonne, explique, définit (ou essaie). Or, la mort est un raisonnement en soi, une explication et une définition qui se suffisent parfaitement. Toute autre éventualité qu'elle-même est exclue. On l'appelle mort, mais on pourrait aussi bien dire : *point final*. A quoi bon les questions ? Quelles réponses à des questions inexistantes ?

Ça fait à peine un an, on lui avait demandé de signer un papier pour récupérer le corps de Julien : un papier lui donnant droit d'accès à la mort. Elle en signe un autre, ce matin, pour l'abandon d'Ourson : un papier lui donnant droit à l'oubli. Mais les papiers ne changent rien à rien : la mort reste la mort, l'oubli reste l'oubli. Les questions et les réponses non plus : jamais elles n'auront le pouvoir de modifier quoi que ce soit de ce qui fut.

Dans le train du retour, des gens, braves comme des petits soldats en route pour une guerre qu'on appelle la vie : boulot, école, courses. Ou plutôt non, on est en vacances : donc, visites de famille, loisirs, promenades. Ni bouquets, ni couronnes. A croire qu'on a scellé une fois pour toutes les portes des cimetières, qu'on a définitivement pansé les plaies béantes du chagrin. Elle a un mort, et ce mort a une tombe. Mais, pour ces gens, Julien n'est rien. Il n'est plus rien. Une page tournée, arrachée, déchirée, brûlée. Une inexistence. Il faudra qu'elle le fasse revivre par la mort. En abattant à son tour la vie. Toute mort réclame une justice de mort.

Il lui suffit de traverser la grille pour le revoir. Son souvenir est là, qui la guette. Image vive, perceptible, tangible. Cela arrive chaque fois qu'elle se rend au cimetière : elle avance dans l'allée et, soudain, sa mémoire revit son fils. Il l'attend assis sur sa propre tombe, l'air inoccupé, vaguement triste. Comme il faisait à la maison, tassé dans son fauteuil. Des restes de vie, sans doute, comme égarés entre ses yeux et les restes de Julien. Vie en partance, cherchant à tâtons la porte de l'au-delà. Un départ implorant l'oubli...

Le cimetière est presque désert. A peine l'ombre d'une ombre. Des chats en perpétuelle escapade, quelques pigeons, deux couples de pies. Dans une allée, un touriste japonais témérairement échappé de quelque voyage organisé, caméra en action. Son objectif est friand d'anges et de couronnes,

25

de stèles et de croix ouvragées. Un garçon et une fille en balade, l'air *relax*, comme disait Julien. C'est sûr, il les observe. Sans doute évoquent-ils des choses dont il avait rêvé sans avoir eu le temps de les vivre. Leur connivence rieuse doit provoquer sa jalousie, lui mettre l'eau à la bouche... Ils se penchent sur une pierre, lisent à haute voix l'épitaphe d'un poète pour qui « la mort n'aurait été que délivrance », pouffent de rire à nouveau, s'embrassent puis poursuivent leur quête d'autres messages posthumes d'artistes ou de célébrités.

C'est tout. Point de parents, donc pas de douleur. Les gens négligent de plus en plus leurs morts. Comme leurs propres enfants : à dix-sept ans, ça quitte la maison ; on ne les revoit qu'un week-end sur deux, au grand maximum. On fait comme font les bêtes : on laisse aller. C'est bien la peine de s'autoproclamer *espèce humaine*. On ne vaut pas mieux que les chiens ! D'accord, c'est le progrès. Il faut vivre avec son temps, comme on dit. Mais, qu'on essaie de prouver le contraire : c'est garanti que le cœur se brise lorsqu'on se sépare si vite de sa progéniture... Quelle idée d'appeler les enfants *progéniture* ! C'est aussi vieux jeu qu'une feuille paroissiale. Peu importe. Ringarde ou pas, elle aurait gardé Julien le plus longtemps possible : elle lui aurait dit qu'on ne s'entiche pas de la première venue sous prétexte qu'elle porte sur le front un bandeau de joueuse de tennis, ou des baskets sales et des jeans troués comme une culotte de gueux. Qu'il fallait choisir. Les filles comme le reste. Apprendre un bon métier, trouver un travail convenable, se préparer un avenir solide. Tout cela, son père n'y avait pas eu droit, et lui, Julien, s'était retrouvé orphelin dès avant sa naissance : fils inavoué d'un clandestin malien réexpédié à sa brousse natale par voie aérienne un beau matin de juin.

Non, elle n'aurait pas laissé Julien la bride sur le cou, à dix-sept ans. Trop tôt pour un garçon. Ça se retrouve illico dans la piaule d'une fille, la grossesse arrive vite. Puis l'avortement. Et si c'est le mariage, c'est le divorce. La solitude à nouveau. Ne reste plus qu'à traîner dans les discothèques. Ou pire. De nos jours, on ne compte plus les jeunes qui, à vingt ans, ont déjà un ou deux mômes dans la nature et atterrissent devant le juge pour des affaires de paternité. Ce cirque-là, elle est contre. Elle aurait fait de Julien quelqu'un de bien. Un garçon responsable. D'abord une situation, puis le mariage ; plus tard, les enfants. Chaque chose en son temps, après y avoir réfléchi deux fois plutôt qu'une. Ordre et réflexion ne font de mal à personne. Car les filles honnêtes et courageuses ne courent pas les rues. Les filles s'envolent comme les feuilles mortes : aujourd'hui elles sont à leur place, bien attachées à leur branche, demain elles obéissent à n'importe quel vent, courent avec n'importe qui et font n'importe quoi. Plus de retenue. Plus de décence. Un garçon doux et fort comme Julien, beau comme une image, aurait été une proie facile pour ce genre de garces ; à son âge, un sourire aguichant et un regard vous promettant toutes les douceurs, ça vous coupe net l'envie de travailler, ça vous pousse à vous laisser aller. Une fille maligne n'a qu'à bouger le petit doigt pour que la boussole perde à jamais le nord. Les hommes sont ainsi faits : ils vont derrière leur sexe comme les ânes derrière la carotte. Et Julien ne semblait pas devoir être différent des autres. Au contraire : costaud et bien formé, à quatorze ans il en cachait déjà dans son slip plus qu'un adulte. Presque autant que son propre père. Il aurait pu en faire, des mômes, avec tout ce qu'il jetait, la nuit, rêves et chaleur aidant ! L'abondance d'amour n'a jamais gêné une femme, même si elle prétend le contraire. C'est comme les boîtes de bonbons : on y pioche malgré soi, malgré le souci de sa silhouette. Et plus souvent qu'on ne veut bien l'admettre.

Pour Julien, elle voulait d'abord l'expérience de la vie, l'amour ensuite. Pas dans l'autre sens. Elle n'aurait pas fait la fine bouche si son garçon lui avait demandé de lui trouver une fille ; disons une fiancée. Elle l'aurait cherchée partout et, une fois trouvée, elle l'aurait examinée des cheveux aux orteils. Comme toute mère, elle avait son idéal de bru : une petite femme convenable, ni trop ambitieuse, ni trop conformiste, la tête pleine d'oiseaux, comprenant qu'on n'embête pas les hommes avec des problèmes d'horaires ou de couches-culottes. Un homme est souverain dans sa vie. Convaincu que la terre fera le reste, ça sème et ça part. Malheureusement, pour les femmes, ils ne tombent pas enceints, et leur accouchement se réduit à quelques secondes d'un plaisir électrique, à ce qu'on dit. Le jour où les règles changeront et où ce sera l'homme qui exhibera gros ventre et honte, alors on pourra réorganiser d'un autre point de vue les relations entre les sexes. Mais, pour cela, il faudrait que la Nature se retourne comme un gant !

Elle déraille. Elle ne sait plus pourquoi elle parle. Ni à qui. Julien est mort. A quoi bon ce délire ? Vivant, jamais il n'aurait pensé comme elle. Ça n'agit pas comme nous, les jeunes. Plus d'idées, plus de principes. A croire que la télé et tous ces trucs qu'ils lisent les empêchent d'avoir une vision du monde, des pensées personnelles. On ne les voit plus crier dans les manifs, sauf pour le boulot, les sous ou le chômage. Et encore, pas tous les jours ! De son temps, on se jetait dehors pour scander des idées, défendre des projets. On criait pour la paix, la justice. Pour l'utopie. Paix et justice avaient pour défenseurs les jeunes du monde entier. Enfin, d'une partie du monde, celle qui n'était pas soumise au régime du silence. De tous les silences : celui des hommes et celui des dieux, ceux de la bouche et de la conscience. Avant, les jeunes s'occupaient d'espoir. Aujourd'hui, seul le droit au confort les mobilise. Ils s'intéressent aux fauves, mais en peluche — vidés de tripes et farcis de sciure.

Julien n'aurait pas été de cette trempe-là. Elle en est certaine, mais cette certitude la fait ricaner : facile d'avoir des certitudes, avec les morts !

L'arbre à côté laisse soudain choir une feuille sur la tombe. Pas une feuille d'automne, morte.

Non, une minuscule feuille printanière, verte et vivante, sans doute fauchée par l'un de ces chats funambules qui, postés sur une branche, guettent les oiselets... Chasseurs partout. Prédateurs. Tapis à l'abri de l'ombre. Derrière les lois. La feuillette tremble. Un très léger frisson. Est-ce un signe de Julien ? Peut-être. Un message. D'encouragement ? De protestation ? Allez savoir. Les morts gardent leur mystère.

Elle sort de son sac un mouchoir en batiste enveloppé dans un papier de soie. Un délicat mouchoir de jeune marié aux initiales brodées. C'est celui de son père. Il le lui avait offert le jour de sa communion solennelle. Un beau cadeau qu'elle avait gardé tout en considérant qu'elle ne s'en servirait jamais : trop grand pour une fillette, même pour une femme... Mais voilà : les objets les plus insolites, les plus incongrus viennent un jour ou l'autre à recouvrer une utilité. Ce mouchoir d'un luxe hors d'âge, c'est la mort qui lui a donné une destination. Qui en fait un vrai objet sacré. L'accessoire avec lequel elle nettoie le portrait de Julien. Son fils Julien. Qui est là, souriant, le front perlé de minuscules gouttes de sueur.

C'était un samedi, après son match de foot hebdomadaire. Il s'apprêtait, bien sûr, à rentrer à la maison. Un copain a pris une photo au moment où il quittait le terrain : il y affiche un large sourire, ses yeux brillent des deux buts qu'il a marqués comme un grand. D'après son entraî-neur, il avait un avenir assuré comme profession-nel, mais elle, elle voulait qu'il fasse de l'informatique. L'informatique, ça a de l'allure. Un métier jeune et pour les jeunes, qui sent l'air du temps. Un métier qui vous met à l'abri du chômage. Julien répondait : « On verra bien, maman. » Et continuait de s'essayer au dribble...

Il est là, l'avenir de son fils. Dans cette tombe devant elle. Abattu d'une fenêtre du quatrième étage. Comme un chien. Abattu par un blond boutonneux. Un fils de chasseur.

Le jour où elle a placé cette photo de Julien bien en vue sur sa tombe, le type chargé de l'entretien du cimetière, un vieux Martiniquais, son balai à la main, s'en était étonné : on voit peu de portraits de Noirs dans un cimetière blanc. « Cela ne veut pas dire que nous ne mourons pas comme les Blancs. Ou qu'on ne nous enterre pas, comme eux. Oui, ma p'tite dame, nous mourons et nous sommes enterrés. Mais incognito, en quelque sorte. » Faut se faire le plus discret possible : un mort noir en photo risque de gêner les parents des morts blancs. Ça fait confusion. Pire : promiscuité. L'au-delà reste ce qu'il est : une colonie de l'en-deçà. Chacun à sa place.

Elle s'en fiche. Elle veut que les Blancs sachent qu'un Noir gît là-dessous, parmi les Blancs. Elle aussi est blanche. Depuis l'aube des temps. Cet enfant noir était son sang, une partie de son âme. Elle dirait même qu'il portait son âme tout entière. C'était, c'est son fils. Un fils contient en lui l'identité de sa mère. Il en hérite.

Elle cherche dans son sac le flacon d'eau de toilette, en verse quelques gouttes sur la tombe.

Un nuage de parfum monte à ses narines, puis s'évanouit : une senteur légère, encore moins saisissable que l'air ; un soupçon, un fantôme de senteur. Elles meurent aussi, les essences. Comme le corps qui les portait. Disparaître dans le néant demeure le lot des êtres délicats, des choses délicates. Julien et son parfum. Anéantis. Pourtant il l'aimait bien, ce parfum : il atténuait quelque peu les forts relents de transpiration, le rendant semblable à ses copains, blonds ou moins blonds, en salle de gym. « Je sens comme eux, maman. Je leur ressemble de plus en plus. » Elle riait...

Riait-elle vraiment ? Quelle idée de vouloir à tout prix ressembler aux autres ! Les mômes, c'est comme les moutons : toujours en troupeau, bêlant d'une seule voix. Bon, elle s'était bien gardée de lui dire : « Tu es le plus beau, le plus fort, le plus intelligent », elle ne se permettait jamais ce genre de compliment. Mais elle le pensait. Elle le sentait dans sa chair.

Regardant son enfant, elle restait bouche bée. Sa beauté lui coupait le souffle. Comment avait-elle pu engendrer un être aussi parfait ? Ce miracle s'était jour après jour formé dans ses entrailles, pendant neuf mois. Dans son corps d'à peine un mètre soixante. Un corps quelconque, pas très beau. Oui, une terre médiocre. Et c'est là que la beauté avait germé. Une tête d'idole, deux bras aériens comme des branches, deux jambes droites et solides, pareilles à deux troncs puissants. Son sexe, qu'elle connaissait comme une mère connaît le sexe de son fils, rappelait déjà celui du père :

32

une force endormie, réveillée à l'improviste par les tressaillements des rêves. Certains matins, après sa dixième année, Julien le promenait dans l'appartement, planté dans son bas ventre, prêt à livrer toutes les batailles. « Espèce de coquin ! criait-elle, lui tapant sur les fesses. Dis, tu n'as pas honte ? » Non, il n'avait pas honte, la douceur du sommeil anesthésiait toute pudeur. Il ignorait que c'était un peu tôt pour arborer la gloire de sa future virilité ; pour lui, ce truc encombrant et capricieux ne portait pour l'instant d'autre nom que celui de *pissou*.

Plus de parfum. Volatilisé. Elle sort un chiffon jaune et frotte la pierre. Du marbre noir, choisi par elle. A bon escient. La tombe et la mémoire d'un enfant noir se doivent d'être noires. « Un marbre d'une qualité exceptionnelle, madame, concéda le marbrier. Dommage que vous le vouliez noir. Pour un enfant, en blanc, il rappellerait le Paradis. » Le Paradis... Elle s'en moquait bien. Elle préférait l'enfer. Un enfer sans nuances, sans excuses, sans atermoiements. La justice s'empare du cadavre, de ce qui reste de votre fils, qu'on vous conseille de réduire en cendres. Vous vous pliez, vous vous exécutez à votre tour... Et puis, un artisan quelconque vous parle de la blancheur céleste... Eh bien non, l'enfer ! Et sans la moindre hésitation. Le ciel peut s'estomper. L'enfer, lui, défie l'éternité.

« Du marbre noir », répéta-t-elle. Un défi de noirceur au beau milieu d'un cimetière de Blancs. Et elle frotte ce marbre noir, le frotte sans se

lasser. S'en échappe une lumière noire qui conta-
mine la clarté environnante : on dirait que la nuit
se lève à l'aube, qu'elle endeuille le matin, l'enté-
nèbre. Les pigeons obscurcissent le ciel, les chats
sauvages assombrissent la terre. Un couple de
corbeaux signale la négritude morte de son enfant
et cette contagion atteint les arbres nus, les fleurs
séchées, jusqu'à l'intérieur des mausolées. La dalle
funéraire ne porte que son prénom : Julien, et, en
dessous, deux dates, si proches l'une de l'autre
qu'on croirait que la vie qu'elles délimitent ne
dura que le temps d'un soupir. Un bref soupir. A
peine la possibilité de dire : je suis la vie. L'avait-
elle dit, au moins ? Elle, sa mère, l'avait cru un
instant. Vaine conviction.

Burinée dans la noirceur du marbre, une Madone
éplorée pétille de larmes noires. Indécente allé-
gresse de la douleur : « La pauvre Mère de Dieu,
avait expliqué le marbrier en se rengorgeant.
Toute mère qui perd son fils lui ressemble. Ou
finit par lui ressembler un jour ou l'autre. Vous
êtes son portrait craché, madame ! »

Nous y voilà : même plus le droit de demeurer
la mère de son fils mort ; une autre Mère (si
symbolique fût-elle) lui volait sa propre maternité.

Et la justice restait muette. Muette, comme à
son habitude. Acceptant que les droits de Notre-
Mère à tous viennent voler son temps de mère.
Dans cette putain de vie, les seuls droits respectés
et intouchés seront toujours les droits des arna-
queurs... Elle aurait pu pleurer, mais à quoi bon ?
Les larmes mystiques se substituaient aux siennes,

qu'elle sentait rouler au plus profond d'elle-même sans qu'elles puissent en jaillir. Comme enfouies dans son propre chagrin. Et déjà croupies. Oui, elle aurait voulu que sa douleur éclate, qu'elle déborde la vie de tous les jours, cette indifférence quotidienne, qu'elle s'épanche en feu liquide comme la lave d'un volcan, qu'elle tourbillonne en rond comme une trombe faisant pleuvoir dru ses pleurs. Ici, sur cette mort d'enfant. Sur *sa* mort. Une crue de larmes tumultueuses pour balayer et emporter les larmes de circonstance de cette escroquerie de Notre-Mère à tous. Des larmes légitimes dés-avouant de manière cinglante les hypocrites larmes divines. Qu'elle pleure pour son Christ, la Grande Geignante. Mais qu'elle lui laisse le deuil de son petit : elle n'a plus d'autre prérogative de mère en ce monde.

Elle scrute le cimetière en tous sens, examine les quelques visiteurs du dimanche, constate l'absence de parents endeuillés, contemple le tumulte des pigeons et la paresse des chats, les deux enfants là-bas qui jouent sur le gravier comme dans un square, les arbres engourdis, le petit vent rôdeur qui fait frémir les géraniums en pot, elle fixe d'un œil hagard le funéraire bouquet de pensées en céramique que le marbrier lui avait refilé avec la dalle noire sous prétexte de « l'égayer un peu », jette un regard désabusé sur les lam-beaux de rubans dorés d'une tombe voisine, pitoyables reliefs de la splendeur d'un deuil déjà fané, finit par se jauger elle-même : chaussures usées, imperméable élimé, commandé il y a longtemps sur un catalogue de la Redoute, sac déformé ayant contenu toute une enfance de couches et de biberons, puis de sandwiches (toute une enfance enterrée), une vie, une mort, une mémoire... Ce constat de misère fond dans son chagrin, coule, disparaît sous le flot de larmes que lui impose son cœur, mais que ses yeux refusent de verser. Happée par le tourbillon imaginaire, elle perd soudain pied. Et pleure sans pleurer... Pourtant, cœur et yeux devraient marcher à l'unisson, comme le reste. Fonctionner en accord parfait, telles les pièces d'une horloge. Mais non. Le corps finit lui aussi par se dérégler, comme les horloges. Il craque et devient un objet de brocante. Ou il ne reste tout bêtement qu'un mécanisme de survie. Rien d'autre. Rien de plus. La panne sèche.

Est-ce donc à elle, mère veuve de son enfant, que revient le droit d'organiser l'heure finale, d'opérer le règlement de comptes que la Justice lui dénie ? La question ne se pose pas. Entretenir des doutes là-dessus serait le pire des crimes. Un crime de désamour, se dit-elle en palpant le pistolet enfoui dans son sac. Elle se raidit, range le chiffon, serre les pans de son imperméable. Puis tourne le dos à la tombe de son fils. Elle ignore si elle doit lui dire adieu ou au revoir. Aussi ne dit-elle rien. A partir de cet instant, son destin ne lui appartient plus. Mais elle a en même temps le sentiment qu'il lui appartient pour de vrai.

Tirer un trait sur la mémoire, couper les ponts

avec les souvenirs. S'en séparer à jamais. Voilà ce qu'il fallait faire. D'un pas lourd, elle franchit la grille du cimetière. Son corps la porte. Un corps qui porte aussi des vêtements, des chaussures, un sac. Néanmoins, on dirait que cette vague personne avance déshabitée, épouvantail en mouvement. Qu'elle a égaré, oublié en route son être intime. Elle va, vide. Vidée. Son essence est restée près d'une dalle noire, ou matérialisée dans les restes que dissimule cette tombe. Le jour où le cercueil contenant le corps de Julien avait été posé au fond de ce trou, elle avait eu l'impression que l'irréel finissait de prendre la place du réel : la mort, qui fait métier d'anéantir, parachevait son œuvre. Une sorte de paraphe indélébile. J'efface, signait-elle. Cette boîte close et étroite prétendait se substituer désormais au vrai corps de Julien, alléger le monde de sa présence vivante. Elle avait regardé et fait non de la tête. Mais son refus n'avait aucune valeur, pas même de sens. Sur cette absurde planète qu'elle avait enrichie d'un bel enfant, un enfant grand et fort, les balles d'une carabine et le geste d'un autre enfant blond, un enfant meurtrier, pesaient plus lourd que la vie, se révélaient soudain plus incontestables que le droit à la vie. Dans quel livre se trouvait-il déjà inscrit, ce droit à la vie ? Un livre de lois ? Un livre d'amour ? Non. Un livre devenu lettre morte. Un livre-mensonge. Elle aurait bien voulu le feuilleter, ce livre fantôme. Et le brûler. Mais la mort était là, guettant comme à son habitude, et elle avait gagné la partie. Tout s'était passé comme dans un vieux film : imprévisible, la main de la mort arrache la feuille où s'inscrit la vie et la réduit en cendres. Une belle séquence. Elle a fait ses preuves. Mais ce tour de passe-passe ne devrait marcher que dans l'imaginaire, dans un monde de fiction ; pas dans le monde réel où peinent les honnêtes gens. Comme elle-même et son fils. Quoique... Oui, aux yeux des autres, elle avait eu Julien en transgressant les règles. Elle en était bien consciente. Feindre d'ignorer qu'elle s'exposait alors au mépris, qu'elle y précipitait son enfant, aurait été parfaitement ridicule. Mais, pour peu que l'amour vous soutienne, on peut vivre dans le mépris. D'autres le font. Le monde est pavé de mépris et, très souvent, la vie n'est que du mépris administré à petites doses, jour après jour. On s'en sort plus ou moins bien, on le supporte plus ou moins mal, mais on vit. Cela, elle le savait. Mais l'idée que ce mépris puisse monter en graine jusqu'à devenir porteur de mort ne lui avait jamais effleuré l'esprit. Idée absurde, aurait affirmé la mère qu'elle était. Impossible que pareille idée fasse son chemin dans le monde d'aujourd'hui. Un monde civilisé, à la solidarité médiatisée, dont les ténors proclament qu'on ne peut plus le partager en bons et méchants, riches et pauvres, Blancs et Noirs. Même les rouges s'y sont petit à petit décolorés. Délavés et effilochés, pour ainsi dire, comme ces jeans passe-partout que Julien adorait. « Ça se porte comme ça, maman, disait-il ; tu n'es plus dans le coup ! » Le malheureux...

Il ne les avait pas usés longtemps, ses beaux jeans délavés. Ni ses t-shirts. Ni le reste.

Voilà : avant d'avoir un fils dont la couleur de peau jurait avec la sienne, elle aurait dû réfléchir, un million de fois si nécessaire. On a beau tenir à la maternité, encore faut-il s'y prendre convenablement. Et un fils dont la peau ne coïncide pas avec la vôtre, non, ce n'est pas convenable. *Pas convenable du tout, ma fille.* Sa mère était passée maîtresse dans la prononciation de cette petite phrase ; son articulation était parfaite. Et Badara, le père de Julien, l'en avait aussi averti, quand, enceinte d'un mois, elle avait pris la décision de garder l'enfant. « Fais gaffe aux tiens, ma douce. S'ils aimaient les mélanges, ça fait longtemps qu'ils se seraient mélangés. Ce ne sont pas les occasions qui leur ont manqué ! » Ah, les Blancs en Afrique... Il en savait un bout, sur eux, ce Badara. Ou il le prétendait, car, tous comptes faits, il n'était pas assez âgé pour parler d'expérience. Mais l'expérience, ça se transmet de père en fils, de génération en génération... Elle-même en aurait eu long à dire sur ses affrontements avec sa propre mère. Pour cause de Julien. C'est que celui-ci n'était pas uniquement « le fils d'un nègre, mais son seul *descendant* à elle ». La garce ! Elle aurait préféré se faire couper la langue plutôt que de consentir à appeler Julien son petit-fils. Non. Pour désigner l'enfant, elle avait le choix : le *péché* de ma fille, le *faux pas* de ma fille ou encore (les jours d'extrême charité, mais c'était pire !) *le fils* de ma fille. Côté mépris, on aurait pas pu trouver mieux.

Elle erre dans la ville comme si elle voulait laisser passer le temps. On dirait une flâneuse du dimanche, cette femme entre deux âges. Une oisive en balade. Mais une question tourne dans sa tête : ce qu'elle a à faire de si urgent, le matin même, ne peut-il pas attendre encore quelques heures, voire la journée entière ?

Cette question, si insistante soit-elle, reste pour le moment sans réponse. C'est ainsi qu'on devrait s'y prendre avec les questions embarrassantes, qu'elles vous concernent ou non : les tenir à distance, les esquiver. Diluée dans le silence, toute tentative de résolution demeure à l'état de vœu pieux, son angoissante nature d'obligation morale s'estompe et finit par disparaître. Voilà qui vous rend la liberté d'être une femme seule, rien d'autre qu'une pauvre femme anonyme adonnée corps et âme à son chagrin, pas obligée d'accomplir le pire (un terrible acte de justice, par exemple), ou seulement d'y songer.

Elle s'arrête souvent, de menus riens retiennent son regard : une boîte de bière écrasée sur le trottoir, un pigeon se faufilant entre les pieds des passants au risque d'y perdre des plumes, un paquet de cigarettes américaines vide, doré comme un cadeau d'anniversaire, une boucle d'oreille en strass brillant de tous ses feux devant une bouche d'égout... La fille qui l'a égarée, de quel bal rentrait-elle ? Qui comptait-elle éblouir en se parant d'une misère aussi criarde ? Mais l'heureuse propriétaire de cette richesse imaginaire n'était peut-

40

être qu'un travelo, noir comme un tison et à la tignasse outrancièrement blondie. Le quartier s'y prête. Il y en a toute une bande en faction là-bas, dans la ruelle, près d'une boutique tunisienne qui les fournit en frites et en merguez. Ça bâfre et ça papote sans arrêt, arborant davantage de nichons qu'une troupe de danseuses nues. Deux jeunes Beurs les reluquent en rigolant, ils lâchent quelques obscénités de circonstance, plus timides que méchantes, et se touchent la braguette avec ostentation. Mon Dieu, qu'elles sont actives les braguettes des gosses ! La femme en imperméable jette sur le groupe un regard désabusé et vaguement sévère. Est-elle capable d'imaginer Julien proférant ces phrases, faisant ces gestes, lançant ces blagues ? A quoi son garçon occupait-il ses heures libres, loin d'elle ? Cachait-il une quelconque attirance pour le bizarre, un penchant secret pour l'illicite ? Avait-il déjà fait l'amour, goûté au sexe ? Ça va si vite, chez les jeunes... Surtout aujourd'hui. Sans compter que l'amour ne laisse pas la moindre trace sur leurs corps en pleine croissance ; ça s'efface, s'évapore, disparaît après un bref grésillement, comme une goutte d'eau sur une surface chauffée.

Ces questions, et tant d'autres concernant son enfant, resteront sans réponse. Julien est mort. Ses possibles expériences, ses aventures éventuelles ont été réduites en cendres. Mais elle donnerait n'importe quoi (sa vie même) pour savoir s'il existe dans la ville un autre corps qui ait connu, ne serait-ce qu'une fois, le corps nu de son fils, son corps aimant. Cet improbable corps, dépositaire d'un souvenir précieux de son enfant, elle serait prête à le chérir de toutes ses forces, aveuglément, silencieusement, prête à lui consa-crer sa tendresse, son travail et son temps, sans lui demander en échange autre chose que quels mots, quels gestes avait eus Julien en cet instant suprême.

Elle se sent soudain vide. Ce vide, consécutif à une perte irréparable, pèse le poids du trop-plein ; elle devra le traîner comme un boulet sa vie durant. Oui, elle est payée pour connaître cette terrible fidélité du vide. Ça travaille dans l'ombre, comme un cancer, vous remplit de néant de fond en comble, jour après jour, goutte à goutte, vous alourdit, vous charge d'une lassitude éternelle. Pas plus tard que la semaine dernière, juste avant de partir pour la chasse, Monsieur Paul lui avait répété pour la énième fois : « Vous m'avez l'air fatiguée, vous devriez vous soigner. Le chagrin, ça tue à petit feu, c'est comme la honte. Dès qu'on s'y laisse aller, on perd sa dignité, on ne tient plus debout. Faut essayer de s'en débarrasser. Et de se racheter. Si vous ne le faites pas, personne ne le fera à votre place. Quand comprendrez-vous que demeurer dans l'état où vous êtes est le pire des services à rendre à la mémoire de Julien ? Votre fils ne méritait pas ça. Réagissez, nom de Dieu ! Faites quelque chose ! Vaut mieux agir que subir ! » C'était le jour où l'on avait appris l'odieuse nouvelle : le meurtrier de Julien venait d'être libéré. Œuvre de justice, bien entendu. Mais sur le dos d'un enfant mort. Ainsi, un meurtrier se promenait en ville. En innocent. Cet après-midi-là, Monsieur Paul était allé encore plus loin : il avait posé sur la table, à portée de main, un pistolet. Ce n'était guère plus grand qu'un portefeuille : ça prendrait à peine de la place dans son sac. Enveloppé dans un mouchoir, il lui rappellerait le sandwich de Julien. Son casse-croûte quotidien. Quelque chose d'aussi banal que son paquet de cigarettes ou la pochette de Kleenex. « Tâtez-le, avait-il insisté en souriant. On dirait un jouet... C'est d'ailleurs un jouet. Vous savez, l'arme en elle-même n'est jamais meurtrière ; par contre, celui qui appuie sur la détente, lui, c'est un assassin. Ou un justicier. C'est selon. »

Ça fait trois jours que ce jouet ne la quitte pas, enfoui dans son sac. Aujourd'hui, il fait corps avec la décision qu'elle a prise la nuit dernière.

Midi approche. Elle marche sans arrêt. Ses pas ont la lenteur qu'imprime une promenade sans but. Certaines rues, il lui semble les avoir déjà parcourues ; sans doute a-t-elle remarqué, sans pour autant les voir, des détails incongrus qui, soudain, lui paraissent familiers : par exemple, ces chaises orange à la terrasse d'un petit bistrot. Du hideux plastique orange. A-t-on idée d'installer en pleine rue ce genre d'horreurs, qui plus est, à Pâques ? Quant au reste, ça sent le deuil partout. Le ciel persiste à se montrer cendré, le bitume a la couleur des cendres : un gigantesque cadavre, cette ville sans soleil, ni vent, ni pluie... Les chaises orange ne sont peut-être qu'un grossier avant-goût du printemps. Un signe précurseur. Mais le printemps ne sera pas au rendez-vous. Il a pris du retard.

Elle entre dans le bistrot, s'approche du comptoir, commande un crème. Grand ou petit ? Petit. Un croissant, s'il vous plaît. Plus de croissants, madame. Les touristes allemands... Ça bouffe tout sur leur passage. Une tartine beurrée ? C'est bon.

Un sympathique barbu, derrière le bar, lui demande comment elle préfère le lait : chaud ou froid ? Chaud, bien sûr. Un petit chien vivace se promène dans la salle, va dans la rue, revient, ressort, flaire les mollets des clients, se laisse caresser d'un air méfiant. Près de la caisse, un habitué décoquille un œuf dur, le ballon de rouge sous le nez. Il écoute la patronne, une dame entre deux âges qui, visage ravagé, larmes aux yeux, ne lui épargne rien de son drame. Son fils Jo, dit-elle. Il s'est tué ça fait à peine dix jours. Un accident. Ou peut-être un suicide, d'après les policiers. La tragédie appelle l'une ou l'autre conclusion. On ne sait jamais avec les jeunes. Ce pauvre Jo ne se sentait pas bien dans sa peau...

Des mots simples empreints d'une douleur atone, qui donnent le frisson. Une mort inattendue, continue-t-elle avec un ton de vague surprise, comme s'il s'agissait là d'une sorte de malheur auquel il faudrait toujours s'attendre. D'une mort répertoriée d'avance. Pourtant, son médecin traitant, un psychiatre, lui avait assuré un mois plus tôt que ça allait très bien, pour le garçon. Il pouvait vivre seul, dans son studio de la place d'Italie. Elle ne devait se faire aucun souci. La vie, avait-il dit, et tout ce qu'elle comporte de joies et de chagrins, s'était enfin ajustée dans son esprit, elle avait perdu de sa lourdeur insupportable, s'était faite presque vivable, en somme. Et puis, ce matin-là... Seigneur, Seigneur, qu'est-ce qui lui avait pris ? Voix et larmes coulent ensemble, mêlées, l'irrémédiable leur prête une douceur étrange, dépourvue d'émotion. Comment accepter la mort d'un fils, comment même la comprendre ? Non, la vie n'est pas juste ; elle devrait mettre de l'ordre dans ses affaires, organiser la mort de façon logique, naturelle : d'abord les plus âgés, ensuite les plus jeunes. Sinon, quel sens y a-t-il à vivre ? Oui, c'était son chien. Depuis que Jo les a quittés, la pauvre bête va et vient sans repos, le cherche partout. Il geint la nuit. On dirait un nourrisson abandonné.

Elle paie et part. Pas un mot, pas un geste de commisération. Pourtant, elle sait à présent qu'elle n'est pas seule dans la douleur, que ça arrive aussi aux autres. Mais, malgré son mutisme, la souffrance de cette triste femme, mère comme elle, ravive la sienne au point de la rendre intenable. Ce sale monde ne serait-il autre chose qu'un immense dépotoir à chagrin, un mortel jeu de masques, une maladie en expansion dissimulant à tous coups de nouvelles manières de tuer, inédites, inépuisablement ?

Elle s'engage d'un pas vif dans la rue Monsieur-

le-Prince. Voilà quelqu'un dont elle ignorait l'existence. Sans doute un roi de seconde main, un
personnage grisâtre, sans relief. Le pauvre n'a pas
eu droit à une grande avenue, à un boulevard ou
une place ; non, à peine une petite rue en pente.
Chinois, Vietnamiens et Latins s'y partagent les
devantures. Produits d'Orient et musique sud-
américaine y ont pignon sur rue... Les Japonais
sont plus malins ou plus riches ; ils ont colonisé
l'avenue de l'Opéra. Ah, si ce pauvre Monsieur,
tout prince qu'il ait été, relevait la tête ! (Sa mère
aurait dit ça tout en prenant sa mine la plus
contrite devant le *métissage galopant* de la ville, du
pays entier. « Faut voter pour le Front, ma fille. Y
a qu'eux qui sont de bons Français ! »)
   Peu à peu son allure s'accélère, comme celle
d'une passagère qui réalise soudain qu'elle risque
de rater son avion pour l'autre bout du monde,
Manille ou les Comores, par exemple. Cette
absurde pensée la fait ricaner. A l'adresse de la
terre entière. Les Comores ! C'est sans doute là
que les clients du Club Med, en riches touristes
occasionnels, s'initient à la coexistence avec la face
cachée de la planète : les gens de couleur !
« Parfaitement, ma fille ; il faut se frotter à la
différence, comme on dit aujourd'hui. Quatre ou
cinq semaines par an, ça ne coûte pas cher : le
quatorzième mois, à tout casser. Et ça apporte la
civilisation. Bien sûr qu'ils sont gentils ces nègres,
là-bas ; mais, si tu veux savoir ce que j'en pense,
c'est simple : qu'ils y restent. Ça nous éviterait de
les trouver matin et soir sur le pas de la porte.

On n'avait jamais vu autant de crève-la-faim et de soupes populaires en France. C'est une honte. » Ces tours culturels en terre de sauvages, sa mère en raffole. Elle ne s'en cache pas. « Mais chacun chez soi, enchaîne-t-elle. Puis, quand on a de l'argent, on se rend visite. Bouger est bon pour la santé. Et pour l'esprit. Après tout, on est tous citoyens du même monde. Des voisins, comme qui dirait. M'as-tu jamais entendu critiquer ces belles négresses, concubines de Dieu sait quel empereur, qui débarquent chaque jour à Paris pour s'attifer chez Dior ? Elles remplissent leurs valises, paient et repartent. Et c'est tant mieux pour le commerce. La France reste propre, son image intacte. Une belle image faite de qualité, d'ordre et de savoir-vivre. »

Elle court encore, s'embourbe dans l'évocation de la xénophobie maternelle pour mieux oublier ou fuir la douleur résignée de la patronne du bistrot. Elle abomine la douleur qui flanche, qui rend les armes. La douleur se doit d'être solide comme un roc, fière, pugnace, combative ; sinon, c'est la débâcle. Qu'ont-elles donc, les souffrances d'autrui à s'interposer et à vouloir écraser sa propre souffrance, jusqu'à la réduire en miettes ? Si elle avait versé pour son Julien les larmes de cette triste mère, ou raconté sa tragédie de la même voix à peine audible, le meurtre de son fils aurait fini par ne plus rien peser, se changeant, comme a voulu le faire accroire la loi, en une mort quelconque, et non pas une injustice. Et ça, jamais ! Jamais tant qu'elle vivra. La mort de son

47

fils était inique. « Inique ! », gémit-elle en remon-
tant la rue Monsieur-le-Prince.

Elle halète comme un chien, suffoque, s'arrête.
S'assied sur le trottoir. Elle transpire de partout,
elle a l'air d'une clocharde, trempée de la tête
aux pieds. Ni le ménage chez Monsieur Paul ni le
nettoyage de l'escalier de son immeuble ne lui
ont jamais produit cet effet. Jusqu'à la mort de
Julien, elle s'y prenait en chantonnant. Une ren-
gaine africaine, monotone et rythmée comme la
pluie nocturne, apprise dans les bals qu'elle fréquentait au bras de Badara. « Ça ne se chante
pas, ça se module, expliquait-il. Un truc de gorge. »
Oui, comme si les cordes vocales étaient un
bouquet de roseaux près d'une rivière : un nid à
vent. Il avait quelque chose d'un poète, ce Badara.
Un poète de la brousse, catapulté dans un enfer
macadamisé, Barbès — Rochechouart — Porte
de la Chapelle, là où les gaz d'échappement
finissent par tout asphyxier, les plantes vertes
comme les rêves.

C'est bon, respire à fond, calme-toi. Cette petite
dame du bistrot va sans doute pleurer sa vie
entière la mort de son garçon, mais toi, tu vas
agir. Une fois pour toutes. Tu as dans ton sac de
quoi régler son compte à la Justice. Cesse donc
de tergiverser. Tu te lèves sur le champ, tu
défroisses ton imperméable, tu te redonnes fière
allure et tu repars. Pas encore prête ? Une cigarette
va te remettre d'aplomb. Allume-la. Une bonne
bouffée. Une autre. Voilà, ton cœur s'apaise, tu
redeviens toi-même. On a beau dire que le tabac

est mauvais pour le cœur, tu parles... Debout ! Demain, après-demain, dans l'avenir (à supposer que tu en aies toujours un !), la seule chose qu'on ne devra jamais pouvoir dire de toi, c'est justement que la désespérance t'a incitée au crime, que c'est poussée par elle que tu as fait ce que tu avais à faire. Il s'agit de justice, pas de désespoir. Justice et désespoir ne font jamais bon ménage. Ton acte sera irrévocable et pur, comme tout acte ultime. Il ne devra pas se prêter à des interprétations trompeuses, aux prétendues circonstances atténuantes, aux excuses. Rideau.

Elle est calme, à présent. Elle n'a ni le temps ni les moyens d'entretenir des états d'âme durables. Les états d'âme, elle les a enterrés avec Julien et elle vit sans ; du moins le pense-t-elle. On vous ampute d'un bras, d'une jambe, on vous enlève un poumon et vous continuez à vivre comme si de rien n'était, ou presque. Un petit effort supplémentaire et l'habitude devient loi. Loi de vie ou de survie, peu importe. Monsieur Paul pourrait en dire quelque chose, depuis le temps que son corps de mercenaire se contente d'un seul rein ; l'autre, criblé d'éclats au cours d'une de ses guerres (il en a fait plusieurs !), a fini dans la poubelle d'un hôpital de la Croix-Rouge. Une savoureuse pitance pour les cochons, d'après ce qu'il aime à dire. On ne va pas creuser de tombe pour un rognon ! Un rein n'est pas un être complet, ce n'est qu'un organe... D'ailleurs, ce manque, si essentiel soit-il, ne l'empêche nullement de jouer du fusil en période de chasse : il s'en plaint, mais il tire. Pour la mort, c'est pareil. Elle vous oblige à vivre sans fils, veuve de fils, en comblant cette absence par une douleur profonde, si sèche, si aride qu'elle semble faite de sable incrusté à jamais dans chaque repli de l'âme. Mais vous mangez, vous dormez, vous travaillez. En somme, vous vivez... Si l'on peut encore appeler *vivre*, traîner un corps sans larmes, sans frissons, une carcasse exempte de sursauts, d'impressions, d'échos, un être stérile, mort aux sentiments.

Ainsi va-t-elle, vidée de son essence, cette femme-fantôme, dans ce début d'après-midi de Pâques qu'un petit vent rend frisquet. Quel dommage que les arbres du boulevard demeurent nus, c'est encore trop tôt pour les fleurs ; sinon, elle pourrait encore admirer les pétales voltigeants ou suivre d'un œil ravi l'envol des premiers pollens, de l'autre côté des grilles du Luxembourg. Au beau milieu du jardin, à peine emmitouflée, défiant les traîtres rhumes de la saison, une dame âgée se tient assise, bien droite, sur un banc ; elle contemple l'eau trouble d'un bassin, le remue-ménage des oiseaux. Les oiseaux, ça ne manque pas. Ils volent dans tous les sens, piaillent et picorent, sautillent dans l'allée comme des automates, un rien les effraie et ils décollent, un autre rien, aussi insignifiant que le premier, les incite à revenir se poser en bande sur le sol. Quelle inconscience dans leur affairement ! Quand se reposent-ils ? La nuit, le jour ? Ont-ils des horaires à respecter, comme

50

chacun, un agenda qui régit leur incessante bougeotte ? Ou jouent-ils plutôt comme des gamins
pendant la récréation ? Une récréation sans
commencement ni fin... Quant à la petite dame,
elle s'en tient sagement à son rôle de petite dame
du troisième âge occupée à lancer des miettes de
pain par poignées. Vu le volume de son sac en
plastique, elle va sans doute en avoir pour l'après-
midi.

Un balayeur municipal arrive ; il traque d'in-
fimes brindilles, de chimériques feuilles mortes : il
balaie le néant. Soudain, c'est la panique : les
oiseaux regagnent les basses branches des arbres
et la frêle petite dame serre son sac contre son
ventre. L'employé de la voirie, le maniaque de la
propreté urbaine, est africain ; sa rude noirceur se
détache nettement sur le vert criard de sa combinaison. La réaction craintive des volatiles et de la
vieille le signalent comme un ennemi. Sans l'ombre
d'une hésitation. Sans équivoque. La petite dame
âgée déguerpit sur le champ et cherche un autre
banc, plus éloigné ; son regard suspicieux, la façon
qu'elle a de dissimuler son sac sous les pans de
son manteau en disent long sur le danger que
représente à ses yeux cet individu. Un sauvage
venu de Dieu sait quelle brousse africaine, par
Dieu sait quels moyens. Certainement un clandestin déguisé en honnête employé avec la complicité
de la municipalité. Ah, ces gens de mairie... ! Il
faudrait leur refuser ses voix, les chasser. Peut-
être se font-ils servir à table par quelque pimpante
négresse ? Payée elle aussi avec l'argent des

51

contribuables ! Eh bien, pas question que ce vandale-ci, monté du Sud, lui vole sa retraite ; déjà qu'elle est si maigre qu'elle couvre à peine son loyer et le prix des médicaments. Enfin non, pas les médicaments, c'est gratuit, mais, au train où vont les choses, on ne sait jamais.

— N'ayez pas peur, madame, dit la femme à l'imperméable en venant s'asseoir près d'elle. Il a l'air d'un bon bougre. Voyez, il nous sourit.

La petite dame âgée lui décoche un regard méfiant. Seraient-ils donc de mèche, l'ouvrière et le sauvage ? Malheureusement, le Bon Dieu ne se sert jamais d'un moule unique pour créer l'ennemi. A croire qu'Il s'amuse à les faire différents juste pour qu'on ne s'y reconnaisse pas !

— Ça vous embête si je nettoie un peu autour de votre banc, mesdames ? On est plus à l'aise quand il n'y a pas d'ordures dans les parages. Dans mon village, les chèvres et les poules déposent leur merde partout. Pourtant, chez nous, ça ne mange pas à sa faim. Pas plus que les humains, d'ailleurs. Mais ça chie, vous ne pouvez pas savoir... Et par-dessus le marché, ça sent ! Par contre, ici, on se régale comme des princes, côté parfums. Vous, ma petite dame, vous n'êtes plus toute jeune, il faut l'admettre, mais vous sentez comme une jeune fille. On vous dirait le jour de votre mariage ! Ah, vous devez avoir un heureux bonhomme à la maison qui vous attend avec impatience. Quand le nez s'habitue aux bonnes choses... Moi, je suis célibataire. Mais le jour où le Bon Dieu voudra que je prenne femme, j'exigerai d'elle qu'elle se parfume comme vous. Qu'est-ce que c'est ?

— De l'eau de Cologne Jean-Marie Farina.

— Dommage, je crains fort que ça n'existe pas par chez moi. Allez, bon après-midi, mesdames. Surtout, ne rentrez pas trop tard, la rue est pleine de voyous. Ça s'accroche aux sacs des petites dames seules, les voyous. Y a qu'à lire les journaux !

Il part, passant et repassant son balai sur un gravier propre comme une patène. Gravier sacramentel sur lequel les crottes de clébard sont formellement interdites !

La petite dame blanche, douce, éthérée comme ces duvets flottant sur l'eau sombre des bassins, suit d'un œil effaré la silhouette nonchalante du balayeur. Bavard comme une pie, et sans doute paresseux, comme tous les Noirs, marmonne-t-elle. L'autre s'éloigne, traquant les moindres indices de saleté dissimulés dans le tapis propret du gazon parisien. Il a des attitudes bizarres : il s'immobilise d'abord, se baisse ensuite avec lenteur, fouille l'herbe de ses longs doigts, tel un pisteur, puis s'empare triomphalement du papier de bonbon jaune ou mauve qui prétendait se faire passer pour une renoncule ou une primevère. Un large sourire fend sa bouille noire. Il dépose l'immondice dans une poubelle et reprend son parcours dans cette savane miniature conçue et dessinée par un architecte paysagiste et confiée à l'entretien vigilant de l'immigration. A chacun sa soupe populaire, songe la femme à l'imperméable, en regardant picorer les oiseaux.

La petite dame s'apaise, sort son minuscule porte-monnaie brodé (peut-être le reliquat de quelque ancienne splendeur), l'ouvre avec crainte, compte ses sous, les recompte, constate avec soulagement qu'il ne manque rien : le billet de cinquante, les deux pièces de dix et la petite monnaie, tout est là, grâce à Dieu. Elle referme le bouton pressoir sur son trésor, pousse un soupir. Un gloussement de bonheur, plutôt.

— Tout est en ordre, madame ?

— Oui, oui, Dieu soit loué ! J'ai eu une de ces peurs...

— Mais pourquoi ? Ce pauvre homme ne nous a même pas approchées. Il est resté à deux pas de distance, gentil comme une image...

— Gentil comme une image, c'est beaucoup dire ! On dit que ça s'arrange pour vous dévaliser sans même vous frôler. Dans la rue, dès que je les vois arriver, je change aussitôt de trottoir.

— Les Noirs vous font peur ?

— Pas vous ?

— J'ai eu un enfant noir.

— Adopté ?

— Non. De ma propre chair.

— Mon Dieu ! Vous vous êtes fait violer par un de ces sauvages ?

— Non, madame ; je l'aimais.

— Ah bon... Et votre... votre enfant ? Sans doute vous l'a-t-il retiré pour le ramener chez les siens, en Afrique.

— Non, madame. Il est mort.

— Ah... Une maladie de là-bas. Une sale maladie !

— Non, madame. Un Blanc l'a tué.

— Une bagarre de boîte de nuit...

— Non, madame. Un coup de carabine.

Elles se regardent, la vieille dame fanée et la jeune femme quelconque. L'une et l'autre sont blanches. Toutes deux ont le regard clair, les cheveux lisses et fins, les lèvres minces, ourlées à peine, les mains petites, juste ce qu'il faut pour caresser sans les briser les beaux objets. (Ou, qui sait, les pièces de monnaie, les pistolets-jouets.) Elles parlent la même langue, mais leurs mots n'ont plus le même sens. Elles sont de la même race, leur dieu se nomme pareil : Dieu. Pourtant, elles sentent qu'elles n'ont rien à se dire. Amour, enfantement et mort les ont rendues étrangères. Elles se séparent. S'éloignent. Chacune de son côté. Une bande de pigeons, une volée de moineaux et un couple de merles réoccupent l'endroit déserté, picorant ensemble miettes ou cailloux.

Elle marche toujours. Traverse les rues n'importe comment, n'importe où, ne prête attention ni aux piétons ni aux voitures, se moque des protestations, des coups de klaxon. Peu lui chaut, son esprit entier est occupé à déchiffrer la peur de la vieille dame. Peur du Noir. Non, non, pas la *peur du noir* de la petite enfance, si tendre, si touchante, mais la peur du Noir en chair et en

os. Peur de son fils, pour dire les choses claire-
ment ! Est-ce donc la peur de cette petite dame
blanche qui a tué Julien ? Mais peur de quoi, bon
Dieu ? hurle-t-elle en silence. Peur qu'on la viole ?
Sa chair décrépite et fripée ne peut pourtant plus
provoquer ce genre de tentations. Même pas chez
un nègre ! Peur qu'on la vole, alors ? Mais un
billet de cinquante francs et quelques menues
pièces susciteraient difficilement une convoitise
aussi sauvage ! Voilà ce que vingt siècles de
civilisation, vingt siècles de culture chrétienne, ont
réussi à laisser en héritage à cette pauvre femme :
un farouche sens de la propriété en pleine misère,
l'angoisse qu'on lui dérobe des biens inexistants !
Bravo ! Née pauvre elle mourra pauvre, mais,
entre-temps, elle se sera enrichie de la peur d'être
volée. Est-ce le fisc qui lui inspire cette crainte-là ?
Ou sa banque, les petits commerçants, démar-
cheurs à domicile ? Non, monsieur. Les Noirs !
Un misérable Noir armé d'un balai d'employé de
la voirie. Un Noir. Nu comme un sauvage ou
brandissant une sagaie empoisonnée, passe encore ;
mais accoutré d'une salopette municipale et traînant un inoffensif balai... Que c'est con, la vie.
Con et injuste ! Se savoir blanche et posséder sur
soi pour toute fortune près de soixante-quatorze
francs cinquante, voilà qui permet de se payer le
luxe d'une petite dose de xénophobie. De racisme
pur jus. Autorise à hisser sa blancheur sur un
autel et à précipiter les autres couleurs dans l'enfer
des méchants. Une belle façon de penser, incul-
quée sans doute depuis sa tendre enfance à la

maison. Ou à l'école religieuse, qui sait... Il se pourrait aussi que ce soit tout bêtement la vie de tous les jours qui ait déteint sur elle. A force de colporter de banals faits divers en les gonflant outre mesure, de répéter ces mensonges comme s'il s'agissait de vérités irréfutables, d'affirmer matin et soir que, du seul fait d'être noir, Julien, son enfant mort, était un voleur, un violeur en puissance. Elle la tuerait, cette vieille garce !

Elle parle seule, grogne, halète, regarde affolée devant elle, derrière elle : à croire qu'une foule la harcèle, qu'une meute lui colle aux trousses. Des chiens baveux, galeux, enragés, porteurs de haine, de mort. Sur chaque visage qu'elle croise elle décèle, évidents, les signes de la peur de la vieille dame. Oui, à présent, ils se sont tous passé le mot, *ils sont au courant* : ils savent que, bien que blanche, elle est la mère d'un nègre. Et ils le crient : cette femme sans nom a mis au monde un Noir, elle nous a donné comme compatriote un Noir ! Attention, elle cache un pistolet dans son sac et s'apprête à tirer sur l'un de nous ! Sur un brave tueur de Noirs ! D'accord, d'accord, un meurtrier, si vous tenez à employer les grands mots... Mais avant tout un Blanc ! Dans un pays civilisé comme le nôtre, on aurait ainsi le droit de faire justice soi-même ? Impensable ! Inadmissible ! Le garçon à la carabine n'a-t-il donc pas été jugé, condamné pour la forme, puis amnistié ? Il a tué, mais il est libre. C'est la loi qui l'a décidé ainsi. Notre loi. Vouloir être chez soi ne constitue pas un délit. Et, jusqu'à nouvel ordre, nous ne sommes pas ici sur une terre de Noirs, c'est une terre de Blancs. Les Blancs y demeurent libres : même en tuant des Noirs. *Des êtres libres* ! Quoi ! Les Noirs tiennent-ils à préserver leur vie, à la protéger ? Eh bien, qu'ils rentrent chez eux. Chez les singes. Les singes ne s'en prennent jamais aux Noirs. Entre bêtes, on garde ses distances. Sinon, c'est la chienlit. Ou la carcasse sous le soleil. Au choix.

Elle est sûre de lire ces pensées dans le regard des autres, elle a vu ces ignominies monter de leurs cœurs compatissants. Je vous présente mes condoléances, madame. La mort d'un fils, c'est si triste. Et tout le tralala. Mais ils s'en réjouissaient, elle le sait. C'est compris : ce soir, il y aura également un Blanc de moins sur terre. Œil pour œil, dent pour dent. Elle l'a juré. Sur le seul évangile qui lui reste : la tombe de son fils.

Conscience, tu perds ton temps. Pour toi je suis sourde, je le serai toujours. Sourde comme une pierre !

Mais sa conscience parle. A pleine voix. De toutes ses forces. Comme une éponge dilatée, elle lui parle par tous ses pores. Et n'en démord pas : Mais réfléchis encore, ma grande. Réfléchissons ensemble, si tu veux. As-tu vraiment le droit de tirer sur le tueur de ton enfant ? Ta chair, ton sang, tes doigts, eux oui, ils ont ce droit ; ça fait partie de la nature, et celle-ci s'arroge souvent des droits qui échappent au contrôle de la conscience. Mais toi, tu es quelque chose de plus que ta *nature*, quelque chose d'autre : tu es un être humain, tu n'es pas une bête sauvage. Tu prétends incarner l'ensemble de valeurs et de qualités morales qu'on appelle *humanité* ; tu t'en réclames à chaque instant, quand tu donnes le bonjour aux autres, quand leurs chagrins t'affligent, quand leurs douleurs t'atteignent : il suffit qu'un môme pleure devant toi pour qu'aussitôt tes propres yeux s'emplissent de larmes ! Cet argent que tu portes sur toi, ta dernière paie, que Monsieur Paul t'a remise hier en partant pour la chasse, des billets de cent francs soigneusement pliés dans une enveloppe bleue, cet argent du travail gagné avec effort, tu l'aurais volontiers offert à la petite dame de tout à l'heure afin qu'elle puisse se sentir moins pauvre, moins vulnérable face à l'étranger noir, détrousseur supposé de vieilles femmes, ou bien tu l'aurais partagé entre eux deux, l'immigré sous-payé et la dame démunie, pour établir entre eux une sorte d'équilibre précaire, c'est vrai, mais équitable, une harmonie dans le partage, la seule d'ailleurs à ta portée. Cela, tu l'aurais fait, même en sachant que, distribuant ta paie, tu ne partageais encore que de la misère. Et tu l'aurais fait de grand cœur, c'est moi qui te le dis. Moi, ma grande, je te connais sur le bout des doigts. Tu n'y aurais pas réfléchi à deux fois, comme les autres. Tu es faite comme ça, ma pauvre ! Mais voilà, un tueur tire sur ton fils et tout bascule. En toi et en dehors de toi. Tu cesses d'être une personne et tu te métamorphoses en bête, en désir de tuer, en besoin de tuer. Dis-moi une chose : moi, ta conscience, et ce joli projet d'humanité auquel tu prétendais adhérer, qu'allons-nous devenir ? Des mots creux ? de simples illusions ? une utopie aussi lointaine que la figure de Dieu... et aussi improbable ?

La ferme ! J'en ai plus qu'assez de t'entendre, compris ? Une conscience bavarde est mille fois pire que le chagrin, mille fois plus corrosive que la douleur. En te prêtant mon corps, en m'en remettant à toi, j'ai réussi une belle affaire ! Je t'ai reçue en amie, logée en amie, nourrie et blanchie en hôte de luxe ! Eh bien, c'est fini. Expulsée. Mise à la porte. Je ne veux plus d'une indigente, d'une gueuse comme toi, qui se croit autorisée à me dicter sa loi. Au nom de quoi, ta loi ? Tu n'as pas encore compris que je suis devenue une hors-la-loi, comme tout le monde ? Va semer le doute et la résignation ailleurs ! Je refuse d'être le dépotoir de tes remords !

N'aurait-elle pas, comme les autres, le droit de tirer sur tout ce qui bouge, homme ou bête, vent ou nuage ? Elle est armée. Comme les autres. Elle peut sortir son pistolet et tirer six balles d'affilée, trouer six corps, six. Ou mieux encore : faire six brochettes de plusieurs corps chacune. Son arme est efficace. Du premier choix. Monsieur Paul le lui a dit et répété : « Pour ce qui est de l'efficacité, ce joujou n'a pas son pareil. Une fraction de

seconde et le meurtrier de votre fils n'est plus
rien. Ni homme ni meurtrier. Un tas de mort.
Comme votre enfant. Après, que les juges aboient.
Autant qu'ils le voudront. Ce sont les juges qui
ont blanchi l'assassin, eux qui l'ont amnistié,
profitant de lois perfides et scélérates dirigées
contre les victimes. Contre toutes les victimes,
mortes ou vivantes. Contre votre fils et contre
vous-même. Attention, je ne vous dis pas ça en
tant que Blanc. Mais je sais de quoi je parle, j'ai
fait quantité de guerres : en Indochine, en Afrique...
Je m'y suis systématiquement retrouvé en face
d'un *ennemi* dont la couleur allait du noir au
jaune, en passant par le basané. Jamais du blanc.
Les Blancs ne se dressent plus contre les Blancs,
c'est dépassé. Et vous-même êtes blanche. Il faut
reconnaître que vous êtes fautive car, femme
blanche, vous avez commis l'insigne maladresse
de mettre au monde un Noir, beau gosse, je vous
l'accorde, mais un Noir... Cependant, pour moi,
vous êtes avant tout une mère. Ma mère, la mère
des enfants que je n'ai pas eus, la mère de l'espèce
humaine au grand complet. C'est donc votre main
de mère que j'arme aujourd'hui. A vous de jouer.
Vous n'avez rien à perdre, vous avez déjà tout
perdu avec votre fils. A présent, il ne vous reste
à interpréter qu'un dernier rôle : celui de mère
justice. Jouez-le. Que les gens y trouvent du sens
dépendra uniquement de votre courage. Mais je
puis d'ores et déjà vous garantir ceci : juges,
politiciens, faiseurs d'opinion, parents vont en
rester bouche bée. Vous les aurez tous. N'oubliez

pas que ce sont eux, ensemble, qui ont tué votre fils. Courage. Les causes folles et justes appellent d'elles-mêmes folie et justice. Je ne vous parle pas en employeur, ni en rentier, ni en petit-bourgeois, ni en ami ; je vous parle en soldat, en chasseur : quand on voit que la vie est en passe de perdre son prix, il faut tout faire pour la revaloriser. La mort est là pour ça. Ennemi ou gibier n'ont d'autre sens que celui-là. Avant de devenir ce mort qui vous tue à petit feu, votre fils lui-même était un ennemi et un gibier : l'ennemi et le gibier d'un tueur. A vous de le chasser, ce tueur. Il est votre ennemi, faites-en votre gibier. Chacun son tour. »

Monsieur Paul lui avait ainsi parlé tout en prenant son petit déjeuner. Comme chaque matin, il s'était lavé et rasé avec beaucoup de soin. Sa peau paraissait fraîche, sa voix sonnait jeune et éveillée, les gestes avec lesquels il étalait du miel sur son croissant tiède avaient cette application placide qui s'accorde aux bons conseils. A cette heure matinale, la sagesse ne trompe pas. Elle se marie à la limpidité de l'aube, à la netteté des premiers bruits du jour. Le soir, c'est bien différent, la journée et ses vicissitudes ont charrié partis pris et arrière-pensées. Le soir, elle se serait méfiée. Mais, à sept heures du matin, les mots n'ont pas encore eu le temps de se dénaturer, de se masquer d'hypocrisie. Ils gardent tout leur sens, conservent quelque chose de la pureté de l'éveil : une lumière vierge, un sens nouveau-né. Elle avait prêté attention aux mots de Monsieur Paul.

Mais la conscience veille. Elle ne renonce jamais à son travail de sape. Boussole détraquée, elle vous mène là où vous ne voulez pas aller ; elle vous oblige sournoisement à vous rendre en des lieux où elle se sent à l'aise, des endroits faits sur mesure pour elle. Redoutable guide que la conscience. Comme elle craint le tumulte de la rue, qu'elle répugne aux foules pressées, elle les fuit à vive allure, vous entraînant malgré vous avec elle... C'est ainsi que la femme à la dérive se retrouve soudain face au portail d'une église. Elle se dit : « Je refuse d'y entrer. » Mais elle y entre. Cette église, elle ignore à qui elle est dédiée ; à un saint quelconque, une personnalité céleste dont l'identité se trouve gravée en mystérieux caractères sur le frontispice néoclassique. Elle s'évertue à déchiffrer. Peine perdue : elle ne sait pas le latin.

Pourquoi demeure-t-elle là, immobile au milieu de cette nef large comme un square, flanquée d'une double haie de grosses colonnes, d'une froide nudité qui évoque irrésistiblement une maison désertée ? Le Bon Dieu règne sur cet espace glacial. Il est le maître de céans. Elle regarde autour d'elle. Peu de monde. Apparemment, les gens ne font plus de la dévotion une obligation quotidienne. Trois vieilles femmes désœuvrées, un couple de touristes, c'est tout ce qui demande à être reçu, entendu par le Très Haut dans cette gigantesque salle des pas perdus. Et elle-même, bien sûr. Ou plutôt son enveloppe charnelle, vide.

L'humidité lui donne des frissons. Elle déambule

sans but sous l'éclairage entrecroisé des vitraux. Elle avance, recule, biaise, se heurte aux chaises. Se dit : « Pas question de m'asseoir un seul instant. Non mais, qu'est-ce que je fabrique ici ? Je n'ai pas le temps de jouer les bigotes ! » Une bribe de prière lui vient soudain aux lèvres. Elle la ravale. « Ça n'a plus de sens », murmure-t-elle. Elle est sortie pour faire justice, pas pour prier. Justice et prière ne s'accordent pas. Les gens à qui l'on rend justice ne prient pas ; seuls les malheureux prient sur leur malheur. Cet endroit ressemble aux cimetières. Mais là-bas, dans celui de Julien, on se croirait dans une église en plein air ; tandis qu'ici, chez le Bon Dieu, on se sent prisonnier de la pierre. Une sorte de cimetière vu d'en-dessous. Quant à Julien et au Bon Dieu, existent-ils encore ? Ne sont-ils pas devenus l'un et l'autre comme deux présences enterrées, deux souvenirs caducs ? Seigneur, comme c'est pénible, le vide ! Ici comme ailleurs. Au corps comme à l'âme.

Elle vague dans le temple immense, le regard égaré, ne sachant plus si ses pas la reconduisent vers la sortie ou, au contraire, l'enfoncent davantage dans le gouffre. Un point de lumière la happe soudain, là-bas, vers le fond. Une corolle de particules dansantes, colossale, épanouie. Une fleur carnivore. Son esprit l'y précède, y fonce les yeux fermés, imprudent insecte attiré par le piège de lumière. Elle en oublie le pistolet qui alourdit son sac, sa tête cesse de répercuter la voix de Monsieur Paul, et ses sages conseils d'homme de guerre, elle avance vers les points incandescents d'un pas mal assuré, comme quelqu'un cherche l'issue d'un labyrinthe. Vivement la sortie, l'air libre ! Mais la porte libératrice se dérobe et elle se retrouve bloquée dans une étroite chapelle, une niche de troglodyte illuminée par un rayon de soleil. Tout à l'heure, il n'y avait pas de soleil au-dehors ; à croire que le vitrail transmue la grisaille extérieure en clarté... Deux rangées de bougies aux flammes figées, plus mortes que vives. Et derrière cette rampe mystique, la Mère de Dieu intronisée dans toute sa douleur, son Fils mort couché dans son giron. Ils sont de marbre blanc, la Mère et le Fils. Douleur et mort sont immaculées. Pas un soupçon de négritude dans cette apothéose du sacrifice. Les larmes maternelles, le sang filial sont blancs. Ce cri d'angoisse sculpté sur les lèvres de la Mère, ce râle d'agonie imprimé à la bouche du Fils, sont blancs eux aussi.

Un fol instant, elle imagine cette *Notre Mère à tous* tenant un nègre mort sur ses genoux. Un Christ noir. Une autre image du monde. D'un monde plus complet, plus accompli. Jusque dans le sacrifice. Jusque dans la mort. Elle s'approprie cette image fugace comme un trésor volé. Mais ce n'est qu'un moment d'égarement. Elle a tôt fait de comprendre qu'on ne doit pas imaginer des choses pareilles. Des choses pas crédibles du tout. Ça fait pagaille... Quant au monde, nul n'y peut rien, ni ceux d'en haut ni ceux d'en bas : il est comme il est, le monde. Réglé d'avance. Et pour toujours. Chacun pour soi, la vie contre tous. (La vie, cette garce d'ennemie !) S'étant ressaisie, elle fait une brusque volte-face et se dirige en toute hâte vers la porte de sortie. Presse son sac sous son bras. Ressent une nouvelle fois la forme ferme du pistolet près de son cœur.

Elles ne m'auront pas, marmonne-t-elle. Nul ne l'aura. Ni sa conscience, infatigable rongeuse, insomniaque et active, ni cette Sainte Mère de toutes les Douleurs marbrifiée. Elle a beau s'accoutrer de bois précieux enluminé, de velours de soie, de parures sans prix, elle ne l'aura pas. Ah celle-là, Mère Chagrine pour les siècles des siècles ! Son vieux chagrin n'est que larmes de luxe. Le chagrin le plus cher payé du monde. La mort de son Fils a coûté des rivières de sang. De sang humain. Oui, un océan sans limites dans le temps et l'espace, sur lequel vogue à perte de vue ce vaisseau fantôme : la charité chrétienne. Qu'on demande donc ce qu'il en a été aux tueurs présumés de Son Fils, au peuple déclaré déicide, poursuivi partout, chassé de partout, partout exterminé. Cette Mère symbole, riche réceptacle de prières, aurait-elle eu droit à une justice aussi longue et acharnée si son Fils avait été un Noir, fils d'un Noir clandestin, et non Fils de Dieu ? Sûrement pas ! Elle connaît la chanson. La justice, c'est comme le reste. Tu te présentes devant les juges habillée en robe céleste semée d'étoiles et tu obtiens gain de cause à tous les coups. Oui, on te rend justice. Une belle justice, réputée *éternelle*. Par contre, si tu t'y pointes en imperméable de chez Tati, tu es cuite. Tu n'es ni mère ni rien. T'as forniqué avec un mâle d'une race inférieure et t'as mis au monde un avorton. Cet avorton, tu l'appelles ton fils ; la justice n'y voit qu'*une victime de couleur*. Et elle classe l'affaire. Quatre mois après, le tueur rentre chez lui, récupère son emploi, se fait consoler et dorloter par les siens. C'est bon de t'avoir à nouveau parmi nous, mon petit ; tu nous as manqué ! On t'a gardé ta place au chaud. Non, elle ne risquait pas d'être prise par un autre, ici on est chez nous, entre nous, les autres n'ont qu'à aller se faire voir ailleurs. Par chance notre justice est là. Elle veille au grain. Indulgente à nos faiblesses. Une vraie mère, en somme.

Elle grogne encore : « Saloperie de monde ! »

Elle est convaincue que les gens du tribunal l'ont vue noire. Elle, blanche comme neige, de cette blancheur gauloise, transparente, qui ne prête pas à confusion : on voit les veines à travers sa peau, sur ses mains, à ses tempes, autour de ses seins. N'empêche : là, devant le tribunal, mère d'un Noir abattu, elle s'est sentie jaugée comme un tas de charbon. Sa blancheur, on la percevait sans doute comme un leurre, un trompe-l'œil, un de ces mirages inexplicables dont la nature a le secret ; mais son vagin, son utérus, ses ovaires, ses entrailles au grand complet étaient incontestablement noires. Elle pouvait lire cette certitude dans leurs regards. L'image d'elle-même que ces pupilles sévères lui renvoyaient étaient d'une négritude achevée. Une négritude sans recours. Cette image répréhensible apparaissait comme imprimée dans les yeux du procureur de la République aussi bien

que dans ceux de l'avocat commis d'office ; mais
surtout dans ceux du juge. Et que dire des regards
des parents, des amis du meurtrier, venus là
témoigner de la droiture morale du *pauvre garçon*,
seule vraie victime, au fond, dans cette affligeante
affaire. « On est envahis, Monsieur le Juge, avait
gémi un pieux voisin, on se sent plus chez soi ! »
Elle, on la considérait avec répulsion. Une roulure
de bas quartier. Une paillasse de cité-dortoir dans
laquelle se serait vidé de son infâme pourriture
un nègre, un régiment de nègres clandestins.
« Nous avons le sort que nous méritons, avait
renchéri le père de l'assassin, grand amateur de
fusils comme les autres. Le sort que nous méritons,
Monsieur le Juge, c'est la décadence ! » Et c'était
elle, mère d'un fils noir dont il ne restait rien à
présent, la cause première de cette décadence, et
son effet ultime. Ah la belle boucle bouclée ! Elle
seule méritait d'être châtiée pour un meurtre
qu'elle avait provoqué en mettant au monde une
aberration : un fils noir. Pourtant, ce fils, elle
l'avait amené à la mairie dès sa naissance, à la
lumière du jour, et lui avait donné pour prénom
Julien. Personne ne lui avait suggéré alors de
l'appeler d'un nom aberrant. Et, c'était le moment
ou jamais de le faire. Mais voilà : un bébé vous
fait fondre le cœur, le bébé Julien avait eu droit à
une véritable débauche de guili-guili de la part du
préposé à l'état civil. Celui-ci était allé jusqu'à
s'exclamer : « Ah qu'il est beau votre bébé,
madame ! Je vous félicite ! » Elle aurait dû penser
à lui envoyer un faire-part de décès : « Le beau

bébé est mort. Assassiné. Regrets. » Cet homme se serait peut-être donné la peine de verser une larme sur son Julien. Avant de rayer son prénom d'un trait de plume dans ses registres.

Elle regarde autour d'elle : tous des meurtriers ! Elle a fini par ressembler à sa mère quand elle s'exclame devant chaque manif (hormis celles du Front, chez cette bonne Jeanne-D'Arc) : « Tous des cocos ! » Sa mère voit des rouges jusque sous les pierres. Aujourd'hui, elle-même ne vaut pas mieux : elle refuse carrément de voir des êtres humains dans cette foule qui bouge en tous sens. Un être humain ne se comporte pas en bête fauve. Il ne vous tue pas votre fils. Seuls les animaux sauvages s'en prennent à la progéniture des autres. Dans la jungle. Là-bas, ça marche à l'odorat ; ici, à la couleur de peau. Voyez, à Montparnasse, ce troupeau de bipèdes vidant ou remplissant gare et bouches de métro, fouillant dans les étals dressés sur les trottoirs, ingurgitant des frites, traversant pressés les passages cloutés en ignorant les feux verts avec la même application que les voitures les feux rouges, quelle différence avec la jungle ? Aucune. Ça grouille à droite, à gauche, devant, derrière. Ça gronde. Ça vous reluque avec défiance, pour le cas où vous songeriez à leur faire le coup de l'arraché. Ou alors ça vous regarde en face avec une franche animosité : « Écarte-toi de mon chemin ou je te marche dessus, espèce de... ! » On ne se promène plus dans cette ville. On vit comme en manœuvres perpétuelles, avec le sentiment qu'une émeute ou une guerre risque

d'éclater d'une minute à l'autre. Des signes avant-
coureurs l'annoncent, cette guerre sans merci,
gaffe à ta peau, bicot de merde, je te la ferai,
cette peau si salement différente de la mienne !

Dans cette menace de fin du monde, comment
aurait-elle dû agir pour protéger Julien, lui épargner la haine blanche, lui sauver la vie ? Qu'aurait-
elle pu faire ? Rien. Ou si peu. Quand il était tout
petit, elle se levait aux aurores pour le déposer à
la crèche en se rendant à son travail chez Monsieur
Paul. Celui-ci lui conseillait souvent de ménager
ses forces. Peu importait qu'elle arrivât une demi-
heure ou même une heure plus tard. Il n'avait
pas de femme, Monsieur Paul. Pas d'enfants pour
exiger de la bonne un petit déjeuner à heure
précise. Monsieur Paul vivait seul, en vieux célibataire ; il n'avait pas ce genre d'exigences. Nourri
du souvenir de ses campagnes militaires, il s'accommodait de n'importe quel horaire. « Surtout,
ne vous en faites pas pour moi. Mon estomac ne
marche pas au réveil, mon sommeil non plus. J'ai
perdu toutes les guerres que j'ai faites : l'Indochine, l'Algérie et d'autres moins célèbres ; mais
j'ai gagné la liberté de dire merde au temps. Qu'il
passe ou qu'il s'installe, ça m'est indifférent. Voilà
la seule victoire dont je puisse me vanter ! Je me
couche et me lève à l'heure que je veux, habillé
ou tout nu, je m'en balance. Et je ne cire plus
mes bottes. La propreté de mes bottes, leur éclat
discipliné, c'est à présent votre lot. Et je me fiche
bien qu'elles soient prêtes au service tôt le matin
ou à midi. Plus de soucis de règlement, je suis un

homme libre, un baroudeur à la retraite. Vous aussi, madame, vous êtes une femme libre. Une femme sans homme. Ici, ce n'est pas la caserne. Vous venez donc à l'heure qui vous convient. Votre enfant avant tout. »

Un type bien, Monsieur Paul. Amoureux des libertés, comme il dit, ce qui n'est pas courant chez les anciens mercenaires. Dieu seul sait ce qu'il avait sur la conscience. Des horreurs, sans doute. Mais, avec l'âge, une bienveillance bougonne a estompé la rudesse du métier des armes ; c'est un bon patron. Il est vrai qu'à l'époque où il l'a engagée, il ignorait encore que ce fils pour lequel sa femme de ménage se donnait tant de mal était noir ; il n'en connaissait que le prénom : Julien. Quand elle s'était présentée, en réponse à la petite annonce demandant une femme sans attaches pour s'occuper de l'intérieur d'un monsieur seul, elle avait fourni pour tout renseignement : « Je suis mère célibataire. Mon enfant est à ma charge. » Monsieur Paul avait eu un vague geste d'impatience : « Ce n'est pas grave. » Il n'avait pas posé d'autres questions. Selon lui, on ne pouvait s'*attacher* qu'à un homme ou à une femme. Pas aux parents ni aux enfants : ces liens-là sont dans l'ordre des choses. Non, les questions ne sont venues qu'après. Longtemps après, quand il a découvert le môme et sa couleur. Mais ses questions relevaient plutôt de la curiosité. Une curiosité mêlée d'admiration : une Blanche flanquée d'un fils noir dans un pays de Blancs ! Comment s'y était-elle prise pour se foutre dans un pareil guêpier, sacré Bon Dieu ? Avec lui, l'explication avait été on ne peut plus simple : la vie, avait-elle répondu. La vie explique tout et son contraire... Bref, pour cet homme sans famille ni descendance, seul l'enfant comptait. Et il en était venu à les regarder, elle et Julien, comme si ça allait de soi, une mère blanche et un gosse noir. Pas une mère adoptive, non, non : une vraie mère. Mère de chair et d'os, une mère par le sang. Monsieur Paul avait tout de suite dit : « Il est fort comme un chêne, le p'tit gaillard ! » Et elle s'était sentie heureuse comme jamais auparavant. Désormais, le problème de la garde de Julien ne s'était plus posé. Elle pouvait l'emmener, l'installer avec armes et bagages à la cuisine. A compter de ce jour-là, on trouva des jouets dans chaque recoin du logement du mercenaire. L'appartement prit un coup de jeune. Le vieux déterra dans sa mémoire quelques vieilles rengaines...

Le comportement de Monsieur Paul ne changea pas ; son regard, si. Cette femme d'à peine la trentaine, ni belle ni laide, commune mais pas vulgaire, aux traits invisibles à force d'être réguliers, au corps vigoureux (pas fort, mais d'une certaine lourdeur, comme celui d'une paysanne recyclée en vendeuse de grande surface), à l'air calme et confiant, avec une esquisse de sourire au coin des yeux mais jamais sur ses lèvres sagement fermées, cette femme de peu de mots, attentive, la tête inclinée dans un geste constant d'assentiment, d'accueil, de bon vouloir (qualités qu'un militaire de carrière comme lui apprécie par-dessus tout), cette femme de troupe, en somme, lui avait paru la ménagère idéale, celle qui saurait préparer les tartines du matin et la soupe du soir comme jadis sa propre mère, c'est-à-dire *à point*, recoudre les boutons avec un fil d'une couleur assortie à celle du tissu (pas du fil blanc ou noir, comme font les femmes pressées d'aujourd'hui), repasser les chemises en long et en large et pas uniquement poitrine, col et poignets (« ce que remarque l'œil de la belle-mère », disait-on du temps de son enfance), faire le pli du pantalon toujours au même endroit et toujours droit, rouler les chaussettes avant de les ranger au lieu de les flanquer en pagaille au fond du tiroir, et même pas par paires, ce qui, pour peu qu'on soit distrait comme la plupart des hommes, empêche de distinguer les noires des bleu marine, surtout dans cet appartement de fond de cour, au premier étage, où la grisaille tient lieu de lumière du jour. Bref, une femme apte aux tâches quotidiennes qui allaient lui être confiées, possédant les vertus nécessaires : ordre, précision et cet acquiescement affable, presque souriant, qui le dispense d'avoir l'air de commander... Car il se défend bien de vouloir organiser l'appartement comme un caserne ; il s'est mis en congé de discipline le jour béni où il a pris sa retraite de l'armée, dégoûté par le manque de sérieux des guerres d'aujourd'hui. « Des guerrioles ! » grognait-il, le mépris professionnel à fleur de lèvres... Le reste, il s'en moquait.

73

Car le reste (mère célibataire, discrétion presque maladive) était pour lui dépourvu d'importance. Ou plutôt c'était une aubaine, le statut de mère-fille de sa femme de ménage. Ça lui épargnerait les visites occasionnelles d'un mari avec lequel il aurait fallu partager cigares et marc, ce qui aurait fini par grever le budget domestique. Non, pas de promiscuité : la vie, comme l'armée, reste affaire de grade ! Quant à sa discrétion... un don du ciel ! Aux femmes-cassettes qui vous racontent leur vie et celle des autres à longueur de journée, Monsieur Paul préférait mille fois cette femme-ombre, toujours active, n'ouvrant la bouche que pour lui demander si le potage était assez salé ou s'il mettrait le lendemain sa chemise kaki : elle avait donc deviné qu'il s'agissait d'un déjeuner d'anciens combattants, et quelle était la tenue convenable ! Une ménagère parfaite sous tous les rapports. Elle n'avait pas montré d'attirance pour la petite radio portative posée en évidence sur la table du salon, ni ne lui avait jamais demandé la permission d'allumer la télé : apparemment, elle n'était pas friande de jeux ni ne se passionnait pour aucun feuilleton, deux raisons pour lesquelles il avait congédié sa précédente femme de ménage. Avec elle à la maison, il pouvait se concentrer de nouveau sur la lecture, comme nulle autre passionnante, de l'encyclopédie des sciences de la guerre, et à l'entretien de ses fusils de chasse, deux activités (avec la longue promenade Champs-Élysées — avenue de la Grande-Armée — place Dauphine) qui remplissaient à elles seules ses journées, ne laissant à l'ennui, ennemi public numéro un des solitaires, pas le moindre interstice par où se faufiler dans sa vie. Monsieur Paul ne s'ennuyait jamais. Célibataire né, il possédait un coup d'œil de guetteur doublé d'une mémoire d'éléphant ; œil et mémoire captaient puis conservaient chaque détail d'une carte de zone, d'un faciès, d'une allure, ainsi que les traits et ornements spécifiques à chaque clan, tribu ou ethnie. Pour cette raison, le jour où sa femme de ménage rappliqua pour la première fois avec son gosse, un négrillon d'à peine deux ans, son regard changea d'un seul coup, reprenant du service pour ainsi dire, et c'est comme s'il avait eu en face de lui la *tronche* du nègre qui l'avait couverte. C'était inscrit sur la figure du môme. Il se dit : « La salope s'est fait baiser par un Malien. » Dans ce constat, c'était l'expérience qui s'exprimait, pas la méchanceté. Monsieur Paul se défendait d'être raciste. Et ce propos, qu'il ne tint que pour lui-même, aurait pu aussi bien être formulé par un ethnologue ou quelque missionnaire, quoiqu'en d'autres termes : en lieu et place de *salope*, sans doute auraient-ils dit *pauvre femme* ou *pauvre âme*.

Pourtant, l'enfant était bougrement beau, reconnut-il. Taillé comme un morceau de jais par le ciseau d'un ébéniste. Dûment mordoré, on l'aurait intégré sans peine (et sans regrets !) dans le tohu-bohu céleste d'une chapelle baroque.

Il sourit d'y penser, puis s'esclaffa au souvenir d'une blague de caserne, entendue là-bas en Afrique : deux épouses de coopérants prennent le thé en devisant de choses et d'autres ; blanches à mourir, elles pratiquent avec ferveur la charité dans les bidonvilles. L'une dit : « Je n'ai jamais compris pourquoi on nous accuse de racisme, nous autres Blancs ; nous ne cessons de faire le bien parmi les Noirs. Comme c'est injuste, Seigneur ! » L'autre répond : « Du racisme, du racisme... quel vilain mot ! Parlons plutôt de différence. Car elle saute aux yeux, cette différence. Exemple : tu prends un bambin blanc, tu lui appliques deux ailes, ça donne *partout* un angelot. Tu fais de même à un négrillon, ça donne une chauve-souris. Voilà la différence ! » Ah, l'humour, même discutable... Si on pouvait remplacer les armes par les blagues, les guerres se changeraient en parties de rigolade. Plus de morts au napalm. Des morts de rire ! Mais les guerres, il y en aura toujours. C'est dans nos chromosomes. On est programmés pour.

Monsieur Paul avait pris l'enfant noir dans ses bras, lui avait fait fête, puis était parti lui acheter des bonbons chez l'Arabe du coin. Il n'avait pas eu le réflexe d'ôter ses pantoufles, lui qui ne sortait jamais sans avoir préalablement passé ses bottes ! On aurait dû filmer la scène pour une émission édifiante à la télévision : « Entente cordiale entre une mère blanche, son bébé noir et leur patron et protecteur, ancien baroudeur des guerres coloniales. » Passée au journal du soir entre une bataille de voiles islamiques et un discours musclé de cheffaillon ultra, cette illustration idyllique d'une société pluriraciale et pluriculturelle aurait fait l'effet d'un baume. Ou d'une bombe. Montrer qu'on n'est pas des chiens, même si on en entend aboyer partout...

Non, il faut reconnaître que les penchants et les propos ségrégationnistes demeuraient étrangers à Monsieur Paul. Femme de ménage ou pas, une Française blanche pourvue d'un fils noir ne réveillait pas en lui le moindre ulcère nationaliste ; il n'y voyait pas, comme d'autres, une dangereuse dérive pour l'identité de la France. La France, au demeurant, il s'en souciait comme d'une guigne, tout en ne cessant de râler après elle comme après une maîtresse en allée. Fils d'un Américain et d'une Française, ne se reconnaissant que le fils légitime de notre mère démocratie, il avait une nationalité et un passeport français, la France était donc sa seule patrie. Il l'avait représentée et défendue dans quelques guerres sans gloire, l'avait vue se déglinguer, dépérir, et finalement mourir en tant que symbole dans un consternant concert de criailleries patriotiques. C'est le sort des symboles, dès qu'on leur en demande trop. Pour Monsieur Paul, le vrai sens du drapeau national, son « sens ultime », comme il disait, était de flotter sur des contrées lointaines, exotiques. Flotter au-dessus de toute différence, de toute iniquité, comme un message d'égalité et de justice. En métropole, jouer du drapeau lui paraissait un dérisoire jeu d'enfant. Il avait de la France une idée d'un autre siècle : une idée universelle, émancipatrice. La réduire à un conflit domestique entre Beurs et prétendus Gaulois lui paraissait un acte

77

contre nature. Ces *bons Français* prônaient une France rétrécie, minuscule, pas la grande France pour laquelle il pensait s'être battu des années, des guerres durant.

Par conséquent, dès qu'il sut que sa femme de ménage avait donné le jour à un négrillon, son attitude envers elle ne fut nullement critique. C'est le regard qu'il portait sur elle qui changea. Jusqu'à ce jour-là, la peau de cette femme avait été une peau quelconque, semblable aux autres peaux. Elle appartenait à un corps qui travaillait pour lui, chez lui, un corps avec lequel son propre corps n'avait aucun rapport d'espèce ni de sexe. Une sorte d'humano-ménager traité avec courtoisie mais distance. Ni plus ni moins. Honnêtement payé, du moins le pensait-il. Et voilà qu'à présent ce corps utilitaire devenait soudain celui d'une femme. Cette femme était blanche, et elle avait été *profondément* couverte par un nègre. La preuve irréfutable de cette *profondeur sauvage* n'était autre que ce bambin noir qu'il cajolait lui-même sur le kilim du salon. Comment s'étaient-ils joints, ces deux paquets d'entrailles ? Quelle passion, quelle frénésie avaient-ils déployées pour que la *mère nature* renonce à ses inaliénables droits de femelle et s'accommode de produire un être portant sans équivoque les signes extérieurs du mâle, du géniteur ? L'enfant n'aurait-il pas dû être blanc ou plus ambré si, comme on le prétend, la supériorité de la race blanche avait été incontestable ? Eh bien, non. Un simple jet de sperme (noir, ce sperme ?) avait triomphé de neuf mois de patiente nourriture à l'aide du sang et des tissus d'une Blanche. Le ventre de la mère, fait de blancheur depuis ses origines, s'était-il à ce point transformé, sans même chercher à se débattre, en terre de semailles noires ? Il s'était livré à l'ennemi sans opposer la moindre résistance, comme la brebis se livre au sacrifice, il avait mis au service de l'envahisseur l'ensemble de ses ressources, sans conditions, comme ces nations consentantes et repues qui se plient avec docilité à l'occupant. Le petit Julien, si rieur, si noir, en était une nouvelle illustration : sa peau ne portait pas trace de la laiteuse transparence de la peau maternelle, son épiderme d'ébène cachait jalousement veines et veinules, il montrait la cuirasse de son géniteur, guerrier barbare monté du Sud, comme seule marque d'appartenance légitime, en dépit de sa double allégeance au ventre de la mère et au sexe du père. Chez cet enfant, le monde cessait d'être vaste et complexe ; il redevenait à l'état de nature. En somme : de vie. Une vie aux règles strictes, immuables, que l'homme s'escrimait à vouloir ignorer. Ou changer à sa convenance. Classer, ranger, sérier, séparer. Les chèvres avec les chèvres, les moutons avec les moutons. Quelle bonne blague !... En se mêlant, bouc noir et blanche brebis avaient fait échouer le vieil ordre. L'anar-chie devenue règle. Un acte de subversion raciale caractérisé.

Monsieur Paul se mit à regarder cette femme comme une vraie femme. Ou plutôt comme une femelle. L'indifférence de son regard masculin se mua soudain en curiosité. Une curiosité de plus en plus inassouvie.

Mais rien de réciproque. Le regard féminin, lui, demeura inchangé : Monsieur Paul n'était pour lui qu'un vieux patron un tantinet loufoque, amateur forcené d'armes et de chasse, mais facile à vivre. Pour sa femme de ménage, l'ancien baroudeur n'avait jamais fait figure de mâle, au sens sexué du terme. Elle pouvait certes l'imaginer sans peine en train de guerroyer quelque part dans le monde, contre tous et n'importe qui ; mais se le représenter au lit, folâtrant avec un corps féminin, lui eût paru grotesque.

Lui, en revanche, n'avait de cesse de se représenter la peau blanche de cette femme collée à celle d'un nègre, épongeant sa sueur, s'imprégnant de ses effluves. Un couple formé par deux individus de race distincte avait-il les mêmes réactions qu'un couple « normal », des élans, voire des divagations, identiques ? La civilisation s'impose-t-elle à la force brute ou bien, au contraire, s'efface-t-elle devant les droits de la *nature sauvage* ? Que faut-il entendre monter de cette copulation singulière : deux gémissements qui se mêlent, se répondant l'un à l'autre, ou la plainte de la proie faisant écho aux grognements du prédateur ? L'amour, la passion, la tendresse, avec quels mots les dire dans ce cas : des mots blancs ou des mots noirs ?

Des mots métissés, sans aucun doute, conclut-il.

Monsieur Paul aurait voulu connaître ces mots, les apprendre par cœur. Sa curiosité tournait alors à l'admiration, à la fascination. Et même au délire.

C'est assurément dans un lit, se disait-il, que les puissants de ce monde devraient régler leurs conflits (oui, comme on faisait jadis dans l'Olympe !), au lieu de les pérenniser dans des conférences internationales stériles. Le débat sexuel et ses ébats se nourrissent de toutes sortes de vocables ; si *imprononçables* soient-ils, ils ne sont pour autant ni injurieux ni blessants. Du moins ne nous font-ils pas cet effet. De la bonne guerre, en somme... Ainsi cette femme pâle dont la conversation se cantonnait d'ordinaire au prix des pommes de terre ou à l'efficacité d'une nouvelle lessive avait plongé sans hésitations ni retenue dans un tourbillon de mots inconcevables, de mots délirants, elle s'était ouverte aux mots d'une autre race, par force étrangers aux doux mots de ses propres rêves, aux codes secrets de ses phantasmes. Et cette submersion charnelle et dialectale avait produit Julien, l'enfant noir et rieur. Sans que fût déclarée ni ébauchée la moindre guerre. Dans la paix violente de l'orgasme, pour ainsi dire.

Il la faisait parler, épiant sous ses mots quotidiens l'ombre des *autres* mots. Mais en vain : pas trace de ces mots innommables. A croire que cet accouplement de nègre et de Blanche s'était déroulé dans un silence total, sans dialogue d'approche ni éclats verbaux. Ils s'étaient vus et hop ! tout de suite à forniquer. La méthode de la brousse avait eu le dessus sur la procédure civilisée. Mais où, nom de Dieu ? Au coin d'une ruelle ? Dans le renfoncement complice d'une porte cochère, dans un sordide paysage de poubelles ?

Sur une paillasse de marchand de sommeil ou sur un lit propret d'honnête travailleuse, là-haut, dans une chambre de bonne ? Un lit aux draps en acrylique exhalant le parfum bon marché d'une laverie automatique ? Où s'était-elle donc produite, cette baise inouïe ?

Point de piste à suivre. Son instinct de chasseur, qu'il croyait infaillible, échouait face au morne langage de la femme de ménage. Elle parlait si peu, et uniquement des petites choses quotidiennes : chemises, chaussettes, gros pull pour son prochain déplacement dans les Pyrénées (« Il faut se méfier des changements de temps ; là-bas, le printemps est souvent froid »). Mais du nègre qui avait colonisé sa vie, séjournant à plaisir dans ses entrailles, pas un traître mot. Monsieur Paul aurait tant voulu savoir ! Chaque soir il se disait : « Demain sans faute, je lui pose des questions. Pas en tant qu'employeur, bien entendu. Non, des questions *humaines. Humanistes*, même. Elle sera bien obligée de me répondre. Les soucis partagés perdent de leur lourdeur. Ça vaut pour tout le monde, y compris pour les femmes ! » Mais lorsque, le matin venu, il entendait la clé de la femme de ménage tourner dans la serrure, sa curiosité rentrait en lui comme le ver dans son trou et il répondait de façon laconique au laconique bonjour de l'employée.

Pourtant, le constant tohu-bohu de questions et de réponses plus fantaisistes les unes que les autres persistait dans son esprit. Ce n'était plus la conduite du nègre qui le turlupinait, si l'on peut dire. Le nègre, il comprenait : une force naturelle inéluctablement marquée par les lois de l'ensemencement. Investir toute parcelle de terrain propice à la fécondation. Lois éternelles. (Comme d'ailleurs celles de la guerre.) Qu'il s'agisse d'un marécage, d'une plaine, d'une jungle étouffante, d'un col de montagne balayé par les vents, la semence n'a d'autre mission que d'y germer. A tout prix : la perpétuation de l'espèce en dépend. Mais la terre ne devrait-elle pas repousser une fécondation qui ne lui convient pas ? Si le sperme se comporte en envahisseur, la matrice, elle, ne devrait-elle pas se montrer un peu plus sélective, un peu plus sage ?

Nous y voilà : il osait tirer une conclusion morale d'un acte de nature. Lui, un homme si pondéré ! Il déraillait. Sa confortable retraite petite-bourgeoise lui faisait oublier ce qu'on apprend une fois pour toutes à la guerre : la raison du plus fort est la seule loi qui compte. En s'évertuant à imaginer l'entremêlement de deux peaux de couleurs opposées, il finissait par raisonner comme un bigot. Oui, en cherchant à distinguer l'odeur de deux sueurs antagonistes baignant les mêmes draps, il en arrivait à des conclusions de rat de sacristie, aussi irrationnelles que malvenues. Pauvre imbécile, on dirait que tu n'as rien appris du monde !

Venait alors le tour de l'enfant, ce petit Julien perpétuellement rieur comme seuls pouvaient l'être à sa connaisssance les négrillons. L'ex-militaire le prenait à bout de bras, le chatouillait, lui disait

« Tu es fort comme un baobab, quel beau maque-
reau que tu feras un jour ! », puis il se demandait
pourquoi il ne le voyait pas ingénieur chimiste ou
informaticien, ce môme... Point de réponse. Son
imagination se montrait incapable de dépasser les
bornes communément admises. Établies par qui,
en raison de quoi ? Mystère. D'autres, plus malins
que lui, en avaient décidé ainsi une fois pour
toutes : le Noir n'est pas une *bête de concours*, non,
tout juste une bête. Cette *logique des espèces*, l'ancien
militaire la poussait plus loin encore, tout en ne
se considérant aucunement comme raciste : nous
autres Blancs, on crame sous le soleil d'Afrique,
notre épiderme recuit se craquelle comme un cuir
mal tanné. On attrape des tas de saloperies malgré
l'armoire à pharmacie bourrée comme un balu-
chon de clochard. Eux, les Noirs, s'engourdissent
et dépérissent au fur et à mesure qu'ils montent
vers le nord. On n'a jamais vu d'expédition polaire
constituée de Congolais ; dans le froid, ils deviennent pareils à des branches mortes. Le froid, pour
eux, c'est comme la dysenterie pour nous : sitôt
qu'on fout les pieds là où on ne devrait pas, sur
le sol asiatique ou africain, on commence à se
vider par le trou du cul. Conclusion : chacun est
fait pour rester chez soi. Aventures et expéditions
sont la lubie d'excentriques condamnés à laisser
leur peau loin de la terre qui les a vus naître. La
mort a toujours la couleur de l'autre : noire chez
les Blancs, blanche ailleurs.

N'empêche que Monsieur Paul aimait bien
Julien, le bambin noir. Mine de rien, le vieux lui

demandait : « C'est qui, ton père ? » Son ton n'était ni suspicieux ni offensant. La femme de ménage n'ignorait pas qu'en chaque Blanc sommeille un missionnaire ou un explorateur : c'est-à-dire un curieux. Elle répondait : « Qui voulez-vous que ce soit, son père ? C'est écrit sur sa peau : un Noir d'Afrique. » Lui faisait-elle par là une sorte de reproche, atténué par son sourire moqueur ? « Tiens, tiens, je me disais... — Mais enfin, Monsieur Paul, soyons sérieux, l'Afrique, vous en connaissez un bout ! Je suis certaine que, rien qu'à regarder les traits de mon gamin, vous pourriez deviner le coin d'où il vient, son père. Et même sa nationalité. » Peut-être un Malien, pensait Monsieur Paul en examinant avec attention le profil de Julien. « J'espère que vous n'êtes pas comme ma mère : au-dessous des Pyrénées, elle ne voit que des Zoulous ! »

Donc elle avait une mère. Normal, normal..., même si on est parfois tenté d'imaginer que ce seraient plutôt les petites annonces ou les bureaux de placement qui les ont mises au monde, ces femmes-là. Apparemment, ladite mère n'appréciait pas du tout d'avoir été promue grand-mère d'un négrillon. Déjà, les femmes ne sont jamais partantes pour devenir grand-mères ; songez donc à leur supplément de joie lorsqu'on leur donne pour petit-fils un vrai morceau de charbon !

— Elle refuse de le voir. Carrément.

Cet aveu choqua Monsieur Paul. Se retrouver mémé et en souffrir, c'est une chose ; on peut mettre ça au compte de la coquetterie féminine.

Mais refuser de reconnaître son petit-fils en est une autre. C'est comme si on le tuait. La nature sacralise la maternité. Elle se fiche bien de la fécondation, la confiant, versatile, au hasard des vents, des eaux, des orgasmes ; mais elle ne se moque pas de la maternité. Nier sa propre lignée revient à effacer l'éternité. A couper l'herbe sous le pied à la vie. Pourtant la vie n'a qu'une seule loi : survivre. Elle agit uniquement pour infirmer le reste. Et tout le reste n'est que mort. Nier la source de vie que, de mère en fille, sont le ventre féminin et son fruit, est pire qu'une aberration. Un crime que nul dieu n'aurait osé commettre. Jamais, au grand jamais. Cette grand-mère indigne, Monsieur Paul aurait bien voulu lui dire un mot !

Sa façon de considérer cette maternité *toute spéciale* changea à partir de ce jour. Ses phantasmes aussi. Il cessa de rêver, la nuit, de corps de nègre et de Blanche emmêlés sur un lit clandestin, dans quelque sinistre chambre de fond de cour, une chambre recevant de plein fouet les effluves de poubelles, retentissant du trottin des rats et du miaulement des chats. (Les chiens qui, en meute furieuse, peuplaient ses anciens rêves, avaient inexpliquablement disparu de ses fantaisies oniriques. Monsieur Paul n'était pas un mâle traditionnel, le binôme chasse-sexe répugnait à son esprit de vieux garçon.) Et il arrêta net de broder sur les détails des relations intimes de sa femme de ménage à l'époque où elle et son homme fabriquaient leur enfant. Il effaça de sa pensée le mot *nègre*, imaginant sans peine le père du gosse comme *un homme de couleur*. Un homme comme lui, simplement d'une couleur distincte de la sienne. Il prit goût à réfléchir à cette dualité du Blanc et du Noir, ignorant par commodité les autres nuances de peau, du jaune citron ou rouge brique : celles-ci ne soulevaient apparemment pas de problème immédiat. Mais la conclusion, si tant est qu'il en *existât* une, lui échappait. Il aurait aimé s'en entretenir avec un philosophe, un anthropologue ou, pourquoi pas, un spécialiste de la préhistoire, ne serait-ce que pour savoir laquelle de ces deux couleurs, blanche et noire, était apparue la première, ou si leur apparition avait été simultanée, ou mieux encore si leurs natures ne se révélaient pas complémentaires, tant et si bien que l'existence de l'une ne pouvait s'expliquer sans l'existence de l'autre. Hélas, il ne fréquentait que d'anciens baroudeurs comme lui, de vieux tueurs ignares recyclés dans le tir aux moineaux ; par malheur, ses dictionnaires non plus ne parlaient pas de ces choses-là. N'importe. Il se concentra furieusement sur le refus d'amour exprimé par la grand-mère du môme et ses délires cynégétiques prirent le dessus : précédé de sa meute de chiens baveurs, il traquait en rêve, en pleine jungle des villes, les grand-mères indignes coupables de dérober leur tendresse au petit Julien du fait que sa couleur ne ressemblait pas à la leur, pauvre gosse noir comme un tison, alors qu'elles-mêmes avaient la chance d'être nées blanches. A la limite, cette sorte de rêves se révélaient plus féroces qu'une battue réelle. Monsieur Paul en ressortait le souffle court, des larmes plein les yeux. Il sautait à bas de son lit, fonçait vers la cuisine, voir si la femme de ménage avait amené son enfant noir ou, dans le cas contraire, prendre de ses nouvelles. Si l'adorable Julien se trouvait à la crèche, comme chaque matin, il disait : « Prenez-le demain avec vous. J'ai trop envie de le revoir, ce petit bonhomme. »

C'est ainsi que Monsieur Paul, le vieux solitaire, s'était épris du gamin noir : de rêve en rêve. Souvent, certains rêves nous parlent d'une justice immanente, qu'on voudrait immédiate. Une justice non écrite, non dite. Imprononçable. Le meurtre de Julien eut pour effet de convaincre l'ex-soldat qu'il fallait répondre au fer par le fer. « La mort de la victime réclame la vie de son bourreau », souffla-t-il à la mère. Elle y avait déjà songé, et acquiesça sans mot dire.

Aujourd'hui, cette femme quelconque porte dans son sac le pistolet appartenant à son patron. C'est lui qui l'a nettoyé, chargé, qui le lui a fait tâter avant de le déposer bien en vue sur la petite console de l'entrée, à portée de main d'une mère désespérée. Elle ne dit pas pour autant que c'est à cause de lui. Non, elle se sent seule responsable de l'acte qu'elle va commettre.

Monsieur Paul avait aimé Julien. Mais bien d'autres l'avaient aimé aussi. Ses professeurs, par exemple. Et les parents de sa bande de copains, tous plus beurs qu'il n'est permis. Des parents dont le dernier carré de terre natale est formé par leurs propres enfants. Origines, traditions, coutumes déferlent en bloc sur la progéniture comme une rivière en crue : ça déborde de partout, ça n'irrigue pas, ça inonde. Et ça donne des enfants pratiquement apatrides, mais riches de deux pays : l'un, irréel, bâti sur un passé qui ne leur appartient pas, qui n'appartient même plus aux parents, les propriétaires en titre ; l'autre, réel, la France, pays de présent et d'avenir — du moins le pensent-ils. Une richesse conflictuelle qui les pousse régulièrement à se retrouver pour danser, boire, rire ensemble. Résultat : ici et maintenant (deux points de repère délimitant la terre des civilisés, à ce qu'il paraît), leur peau allant du noir au basané était devenue leur unique identité, leur signe d'appartenance.

Avec Julien, elle vivait au jour le jour ces contradictions, cette existence heurtée. L'enfant ressentait très fort sa différence, tout en la culti-vant. Quand il disait : « Maman, je fais un saut chez les copains », elle savait d'instinct qu'il ne se rendait pas chez de jeunes Français « bon teint ». Bien entendu, elle aurait voulu qu'il en allât autrement ; mais c'était ainsi. Ensemble, ces jeunes cultivaient un langage particulier, fait de bribes de diverses cultures souvent étrangères, ils adoptaient un comportement où s'entrechoquaient des atti-tudes contraires, mélangeant le refus et la révolte à une conscience tâtonnante de leurs droits. Cet assemblage produisait des caractères expansifs et bruyants, des jeux un peu barbares, des virées en bandes gueulardes.

C'est au cours d'une de ces mauvaises séances de tapage nocturne que Julien avait été criblé de balles. Excédé par le bruit, pour « faire un carton », ou poussé par un tout autre mobile, un garçon blanc de son âge avait tiré. Ce garçon blond, « sensible et délicat », affirmerait-on plus tard, avait reçu sa carabine comme cadeau d'anniversaire : quatorze ans n'est plus l'âge des poupées, avait décrété le père.

L'attachement des professeurs ou de Monsieur Paul pour son Julien venait du cœur. Elle n'en avait jamais douté. Julien se faisait aimer de tous sans le moindre effort. Au collège, ses notes étaient toujours encourageantes, quoiqu'on lût souvent dans les mots des enseignants comme une surprise que ce garçon, précisément *celui-ci*, se révélât si éveillé. (Elle, sa mère, traduisait *celui-ci* par *garçon noir*.) Hélas, il se dispersait trop, traînant matin et soir avec une bande de compagnons douteux. Il faudra faire attention à ses fréquentations, chère Madame ; montrez-vous plus vigilante. A l'heure du dîner, elle grondait son garçon comme on gronde les chiots : avec tendresse.

Quant à Monsieur Paul, il bavardait avec lui des heures durant. Vers l'âge de six ans, la langue du gamin avait brusquement commencé à se délier. Fallait les entendre : deux perroquets ! Des histoires de guerre, de chasse, de contrées exotiques. « Si tu es sage, dès que tu pourras porter une arme, je t'emmènerai à la chasse. Je ferai de toi un excellent chasseur ! » L'enfant et le vieux garçon parlaient comme s'ils se trouvaient désormais sur le pied de guerre...

Cet attachement général pour son Julien, au demeurant parfaitement sincère, s'était certes exprimé lors du procès, mais avec moins d'enthousiasme. Moins de conviction. La retenue était soudain devenue la règle. Elle n'avait pas admis cette volte-face. Mais elle avait compris. Comme elle comprenait du coup tout ce qui, jusqu'alors, lui avait échappé dans la chronique journalière des faits divers : il s'agissait en l'occurrence de condamner à une peine d'adulte un jeune Blanc. Trop difficile pour une société blanche. Ce pauvre Julien cessa de leur paraître un ange et, témoignage après témoignage, il dégringola de ses hauteurs célestes. Une question de mots, de tonalités. Subtiles mais efficaces. Certes, il restait dans le souvenir de tous comme un brave garçon. Un garçon qui ne méritait assurément pas ce genre de mort. Oui, rieur, quoique bruyant. Sympathique, mais un peu caractériel. Il aimait trop s'amuser en bande, avec ses copains. Mais quel garçon n'aime-t-il pas s'amuser ? Ensemble, ils commettaient sans doute des excès, côté bruit ; et ça finit par taper sur les nerfs des gens qui aiment leur tranquillité. Certes, de là à tirer dans le tas... Bref, le jury avait conclu à l'homicide involontaire. Le meurtrier, irréprochable mais fragile, au dire des experts, n'était pas vraiment

responsable. Seul coupable : le tapage nocturne.
Julien avait été abattu un samedi d'hiver vers sept
heures du soir, au moment où il se séparait de sa
bande de copains pour rentrer à la maison. Des
adieux peut-être trop peu discrets, trop exubé-
rants. (Les derniers de sa vie.)

Depuis lors, le silence de cette femme quelconque ne cesse de poser la même question : si
vous, professeurs, patron ou juges, vous aviez
ressenti dans votre chair ma propre douleur,
auriez-vous trouvé autant de circonstances atténuantes à ce crime, auriez-vous montré plus de
compréhension pour le meurtrier que de compas-
sion envers la victime ? A cette question, elle ne
trouve qu'une réponse : « A ma place, vous auriez
fait justice. Mais une justice bien différente de
celle que vous avez rendue. »

Pourtant, cette femme n'a jamais voulu de mal
à ses semblables, elle n'a jamais frappé personne.
Elle n'est pas d'une nature violente. Elle laisse
passer vents et tempêtes en courbant l'échine. Sa
propre mère n'est pas parvenue, alors qu'elle était
gosse et influençable, à lui inculquer ses lubies
agressives : la haine ou le mépris de l'autre l'ont
toujours rebutée, car elle ne pense pas que l'autre
soit sur terre « uniquement pour emmerder le
monde », comme dit sa mère. En particulier,
quand l'autre ne correspond en rien au modèle
breveté de bon petit Français de La Rochelle, la
ville maternelle. Non, elle récuse cette opinion, si
répandue dans l'Hexagone, qui veut que l'autre
emmerde davantage le monde quand il est basané,

noiraud, qu'il a les yeux bridés ou un « gros nez crochu ». « Remarque, ponctuait maman, les Espingouins, les Ritals sont déjà un peu moins emmerdants. Mais le reste... ! Si ça ne tenait qu'à moi, je n'autoriserais à séjourner chez nous qu'une poignée de Portugais, juste pour faire les vendanges et un brin de ménage. Eux au moins essaient de se montrer gentils, s'efforcent de parler en chrétiens ! » Auréolée par son outrancière blondeur artificielle, maman récitait de mémoire la kyrielle des fromages français, en vantait les saveurs et les vertus, tout en ajoutant à tout bout de champ : « comme disait le Général », allez savoir pourquoi ! « Comment veux-tu que ça progresse et que ça se civilise, des pays où l'on en est encore au petit lait et au caillé de chèvre ! De pauvres demeurés, comme disait le Général. Des sauvages ! » Elle aurait pu être drôle à la télévision, maman, dans un sketch de chansonnier ; mais, à la maison, elle finissait par vous casser les pieds. C'est pourquoi elle, à l'école, profitait de la récréation pour fréquenter tout ce qu'il y avait de moins hexagonal dans les parages. Non mais c'est vrai, répétait-elle, *ce monde* appartient à tout le monde ! Petite fille opiniâtre elle ne tenait pas, malgré tout, à trop se disputer avec son entourage, et elle concédait : « Chacun à sa place. Ça, je l'admets. Mais le monde est à tous ! » Elle ne pouvait concevoir une attitude plus tranchée, ni même plus extrême, que ce partage par catégories : chacun à sa place. Mais tous dans le même monde ! Comment se fait-il qu'elle pense aujour-

93

d'hui qu'un être, le meurtrier de son enfant, n'a plus place dans ce monde et qu'elle soit décidée à la lui enlever avec l'arme qu'elle porte dans son sac ? Est-elle à ce point vide ? Cette mythique douleur de mère qu'elle a contemplée tout à l'heure, intronisée dans une église illuminée de vitraux célestes, ne lui a-t-elle pas fait comprendre que l'on peut transformer le chagrin en mission, voire en destinée, sans pour autant avoir à se tacher les mains avec le sang d'autrui ? Le sang d'autrui n'est-il pas sacré ?

Et il l'était pour elle, qu'est-ce que vous croyez ! Jusqu'au jour où on a versé celui de son fils. Le sang de son fils ayant soudain cessé d'être sacré pour les autres, il ne reste plus sur cette putain de terre une seule goutte de sang sacré pour elle. Fût-ce le sang du Christ !

Finis donc ce petit jeu de mère la vertu ! Ta douleur est réelle, mais tu t'en sers pour excuser d'avance un acte ignoble. Que tu l'appelles *ton œuvre de justice* importe peu ; même grandilo- quents, les mots restent des mots, et ne peuvent tout justifier. Te sens-tu vraiment aussi propre que tu le prétends ? Rien à te reprocher ? Le mépris de l'autre, si quotidien et si banal, n'entache pas ta propre conscience ? Tu n'as jamais participé, ne serait-ce que de manière passive, à cette déprédation systématique, ce vandalisme générali- sé qui ont pour victime *l'autre* ? L'intégrité de ton prochain, sa dignité, tu n'y as jamais touché ?

94

Mets donc ta main au feu ; tu risques de la retirer brûlée ! Oui, c'est vrai : depuis que tu as eu un enfant noir, le mot *nègre* te fait tressaillir. Te fait voir rouge. Mais avant ? Rappelle-toi un peu. Ta propre mère s'en est souvent servie. Elle en use toujours, et en abuse, au point qu'elle a éliminé de son vocabulaire les termes plutôt faiblards d'*homme de couleur*, de *Noir*, d'*Africain*, pour n'y laisser subsister celui que de *nègre*. (*Zoulou* aussi ; c'est la seule variante qu'elle se permette.) Pour elle, tout ce qui n'est pas blanc comme lait est nègre. Incontestablement nègre. Et ça englobe un tas de monde, du Corse au Gabonais. En gommant toutes les nuances, elle a simplifié, magnifié sa haine raciale. Celle-ci est désormais claire comme de l'eau de roche. De cette clarté aveugle qui nous a déjà coûté pas mal de guerres. Mais elle s'en fiche. Même en sachant qu'elle y pourrait laisser sa peau, elle est prête à en déclencher une autre, intérieure, cette fois-ci. Elle a des idéaux, dit-elle. Et les idéaux... Pour les gens comme ta mère, les idéaux servent un jour ou l'autre à passer des peuples par les armes à grande échelle ; côté efficacité, une guerre vaut toutes les lois et tous les tribunaux : ça nettoie sec. Mais la Justice...

Ah celle-là ! Elle oublie tranquillement qu'elle est pour tous (enfin, qu'elle devrait l'être) et, en domestique modèle, elle demeure au service de ses commanditaires de la race supérieure. Cela est valable pour la planète des hommes (pas d'endroit exonéré de *race supérieure*), et même pour la planète du Bon Dieu, avec son ciel et son enfer.

Et la Justice s'en accommode. Elle ne roule que pour ses maîtres. Nous, misérables cons, nous nous obstinons à faire appel à elle. C'est la force de l'habitude, à moins que ce ne soit du masochisme. Hélas, elle ne répond jamais. Tu le sais d'expérience. Ton cas, ma pauvre, est exemplaire : rien dans les mains, rien dans les poches. Rien dans le cœur. Comme les illusionnistes ou comme les justes ? Comme les victimes !

Allons, allons, ne fais pas tant l'innocente. Ces mots du quotidien : bougnoule, bicot, rital, espingouin, boche, chinetoque, ruski, amerloque, ces mots bêtement rigolos, familiers, presque candides, tu ne les as jamais prononcés ? Jamais, au grand jamais ? Sois honnête. Des récréations enfantines aux bals de jeune fille, jamais proférés ? Enfin... Ah bon ! J'allais te dire : Bravissimo ! Une langue aussi propre que la tienne, spécimen unique de pondération et de sagesse, aurait en effet mérité d'être conservée au musée de l'Homme. Bon, mettons les choses au clair : bien que tu sois toi-même victime d'intolérance, tu serais à ton tour passible du tribunal pour peu que l'on passât au peigne fin tous tes propos. On est d'accord, n'est-ce pas ? Pour mériter un brevet d'innocence, il faudrait se faire couper dès la naissance langue, pieds et mains. Se faire boucher les oreilles. Se faire crever les yeux. Ainsi amputés, colmatés, il ne nous resterait plus guère que la conscience pour nous salir. Non, nous sommes pétris d'une matière première qui n'est ni noble ni immaculée, et, malheureusement, nous nous y vautrons toujours.

Indécise au milieu d'un passage clouté, elle n'avance ni ne recule. On dirait qu'elle a perdu le nord, qu'elle ne sait plus où elle va. Les passants doivent la contourner pour avancer. Certains la regardent, méfiants : une folle, sans doute ; une future clocharde. Tiendrait-elle son litron à la main que ça n'étonnerait personne. Les gens s'égarent si facilement de nos jours ! Qui pourrait deviner que la souffrance hagarde de cette femme vient de son âme ?

Alors quoi : devrait-elle se résigner, plier l'échine, consentir au ramollissement de son esprit, faire taire ses entrailles sous prétexte qu'elle-même ne peut pas se permettre de jeter à son tour la pierre ? L'assassin l'a jetée, le juge aussi. L'un a fauché un bel enfant d'un coup de carabine, l'autre a prononcé une sentence vénielle pour ce crime abominable. Une condamnation de principe qui, assortie des circonstances les plus atténuantes, n'a pas eu besoin d'être purgée. Serait-elle donc, mère bafouée, la seule personne sur terre à ne pas avoir le droit de tout salir, de tout piétiner ? Un comble : naître exclusivement pour devenir victime ou proie. Eh bien non, elle refuse. Et hurle ce refus aux quatre vents.

Jambes en liège, tête de plomb. Marcher, marcher, marcher. Et puis penser, penser encore. Quel martyre, la pensée ! Quel calvaire ! Autrefois elle n'était pas ainsi. Au contraire, elle fermait les volets et restait au calme, immergée dans la pénombre de son esprit, à l'abri des éclairs et des rafales du dehors. Mais la mort de Julien, cette mort impunie... Seigneur, Seigneur !... Poisse et malheur se sont mis de mèche pour l'accabler. L'anéantir. Ne serait-elle pas en passe de dépérir, à son âge ? Ou pire : de sombrer dans la folie ? On raconte que des gens en bonne santé, dans la fleur de l'âge, ayant encore toute leur tête, craquent et déraillent à cause d'une tragédie soudaine, sans remède ni rémission. Pourquoi serait-elle différente des autres ? D'accord, elle est fourbue. Elle a marché la matinée entière. Mais elle avait fait pareil avec Badara, ces deux week-ends où ils s'étaient rendus à La Rochelle. Pas la moindre lassitude dans ces occasions-là ! Avec Julien de même, dès qu'il a commencé à tenir sur ses jambes. Un trotte-monde, celui-là, pas plus haut que trois pommes ! Matin et soir, il réclamait des promenades en ville, sa jungle à lui. Et qui d'autre que maman pour le trimballer de La Villette au Champ-de-Mars, du Jardin des Plantes au bois de Boulogne ? Ces longues expéditions avec sandwiches, jouets, canettes de Coca, bon-bons et glaces, les laissaient frais comme des roses, petite maman et bambin. Julien en redemandait, sans cesse. Il avait la bougeotte, rêvait de tout explorer. Quelquefois, Monsieur Paul acceptait de le conduire au musée de l'Homme, qui fascinait l'enfant, et ils étaient montés un jour ensemble au sommet de la tour Eiffel pour contempler Paris d'en haut. Quel spectacle ! Non seulement la ville qui déployait en bas sa mosaïque de toitures grises, mais aussi eux trois : un grand-père de style colonial offrant une virée touristique à son petit-fils métis et à leur bonne. Dans cet absurde triptyque lui avait toujours été dévolue la place de la bonniche : elle n'avait décidément pas l'allure d'une dame, moins encore cet air de petite-bourgeoise soigneusement retapée qu'arborait sa mère. Non, elle est quelconque depuis sa prime enfance ; et elle le restera sa vie durant. Est-ce à cause de ce côté congénital « commun » que le destin lui a repris son fils ? Elle appartient à la catégorie de ceux qui ne méritent pas les miracles. Et elle ne l'ignore pas.

Un square près des Invalides. C'est calme, par ici ; c'est soigné. Gazon gras, lustré, il éclate de santé, comme les façades. Trottoirs propres, buissons sculptés, jardins dessinés comme des napperons. Peu de voitures. Quant aux oiseaux, moins gazouillants qu'ailleurs ; ou peut-être plus polis. Chaque quartier a son genre, ses habitudes ; ici, avenue de Breteuil, côté piafs, c'est la classe ! Un groupe d'amis, sans doute du voisinage, joue à la pétanque ; mais on voit qu'ils n'habitent pas les étages nobles : ça niche dans les chambres de bonne ou bien dans les arrière-boutiques. Des chauffeurs de maître, des petits commerçants, des employés de ministère, des concierges. Tous français : pour la pétanque, il faut l'être. Son père y avait joué toute sa vie, place du Colonel-Fabien, en plein quartier rouge ; puis, un dimanche, l'infarctus lui était tombé dessus comme un méchant rapace de bande dessinée. Triste matinée. Sa

mère avait raté pour la première fois sa messe
dominicale. Mais elle s'était vite rattrapée, démé-
nageant illico presto dans un quartier moins *coloré*.
Plus pastel, pour ainsi dire. Et carrément catho.
Non, non, pas avenue de Breteuil ; maman pète
plus haut que son cul, mais tout de même pas à
des niveaux pareils ! Sa pension de veuve est
plutôt maigrelette, elle suffit à peine à payer son
petit trois-pièces de la rue Falguière. « Tout près
du boulevard Raspail », précise-t-elle. Elle possède
comme personne l'art de présenter les choses
toujours à son avantage. Ou du moins le croit-elle.

Assise sur ce banc, la femme à l'imperméable
élimé se sent moins lasse, car, même amers, les
souvenirs d'enfance apaisent l'esprit. Il en va ainsi
du décès de son père : sa remémoration exhale
quelque chose de paisible, de balsamique. Quoi ?
Elle n'en sait trop rien. Tout en scellant la mort,
l'arrêt soudain du cœur n'est pas un meurtre ; ce
serait plutôt un dénouement, une sorte d'épi-
logue : le sang cesse de circuler. Certes, ça vous
cause du chagrin, un chagrin lourd comme une
irrésistible envie de dormir. Mais ça ne vous
enfonce pas dans le désespoir. Ça ne vous abîme
pas. Pourtant elle aimait bien son père, elle
l'idolâtrait même, dans la mesure où ce genre de
sentiment extrême pouvait germer chez une fille
comme elle, calme et grise. (« Sans le moindre
caractère », disait maman.) Elle l'attendait le soir
pour l'embrasser avant de s'assoupir. Il rentrait
plus tard que la plupart des autres pères (ses
camarades de classe parlaient souvent d'un papa

très présent dans leurs vies et qui se montrait intraitable côté devoirs), mais c'était à cause de son travail à la gare de l'Est. Les trains ça n'est pas comme l'usine ou le bureau ; on travaille tard dans les trains, parfois toute la nuit. Elle patientait, l'oreille tendue vers la porte d'entrée. Puis papa arrivait. Un papa rond de partout : tête, épaules, ventre, jambes, bras et mains. Un papa rondelet comme une boule de pétanque. Sa calvitie presque totale accentuait cette rondeur lisse, replète. Il lui rappelait ces grosses pierres du littoral, léchées et poncées par les vagues jusqu'à ressembler à des lions de mer : papa portait comme eux une moustache vaguement chinoise, comme deux parenthèses sous le nez, si fine qu'elle ne chatouillait même pas. Il chaussait ses pantoufles, murmurait : « Bonsoir, mon ange ; ça va, l'école ? » et, sans attendre la réponse, il se barricadait pour la soirée derrière son journal. Maman causait, causait ; lui n'émettait que des grognements, des soupirs. Il avait son propre coin, comme les vieux chiens : un fauteuil en faux cuir, près de la lampe à abat-jour lie-de-vin orné de glands noirs, que maman avait récupérée à très bon prix chez Emmaüs. « Ça ne peut venir que d'un bordel ! », avait lancé papa. « Qu'est-ce que tu en sais ? Je suis sûre et certaine que cette lampe appartenait à une maison huppée en plein Neuilly ; ou alors avenue Victor-Hugo, c'est de ce côté-là que se fournissent les gens de l'abbé Pierre. La charité est de règle chez les riches. En plus, ils peuvent se permettre de redécorer leurs appartements une fois tous les quatre ans, quand ce n'est pas plus souvent. Et ils ne conservent que les objets de valeur : tableaux de maître, argenterie gravée, meubles signés... Pour le reste, ils préfèrent le confort moderne. » Papa gardait le silence. La géographie sacrée de maman (seizième arrondissement et dépendances) le laissait plutôt indifférent. Ça compte, les habitudes. Interdit donc de vautrer sa grosse anatomie sur l'un des trois meubles du salon maternel, un canapé et deux fauteuils Louis-Philippe en acajou noir (« vernis comme les ongles d'une pute », marmonnait papa), héritage d'une grand-mère supposée appartenir au gratin de La Rochelle ; maman les avait trimbalés de chambres de bonne en modeste appartement depuis sa prime jeunesse : ça lui tenait lieu d'arbre généalogique. « Un luxe confortable et de bon goût, voilà ce qui fait toute la différence entre gens civilisés et sauvages. Nous, ici, on ne dort pas par terre. Et on ne met pas les pattes dans sa pitance, comme les animaux de basse-cour. Et on ne mange pas dans la même gamelle, comme les chiens. » C'est vrai, l'homme civilisé a créé, pour mieux vivre, des espaces à mi-hauteur entre la terre et le ciel : le lit pour le sommeil, la table pour le repas, la chaise pour la conversation, le travail ou la broderie. Savoir à tout instant de la journée mettre le corps à sa juste place est une preuve supplémentaire de civilisation. (Est-ce pour la même raison que Monsieur Paul garde chez lui une paire de Voltaires tapissés de velours mauve, trop raffinés pour sa vieille carcasse de mercenaire ? Elle ne lui a jamais posé la question.) A l'époque, cette défini-tion de l'*homme civilisé* par rapport au *sauvage* sonnait un peu cocasse. Un tic comme tant d'autres. Maman ne parlait pas encore de race supérieure ni de race inférieure. Ça n'est venu qu'après, quand la mort de papa lui a laissé le temps de se rendre avec assiduité à l'église. Elle y a fréquenté des gens qui lui convenaient comme le gant à la main. Des petits-bourgeois comme elle qui l'ont entraînée dans des manifs en faveur de l'école privée, contre l'immigration, pour la France aux Français. Ce qui n'était jusque-là chez elle que manies chauvines s'est soudain mué en idéologie. Une idéologie confuse mais têtue.

Papa ne naviguait pas dans ces eaux-là. Sa vie à lui, c'était la gare de l'Est, ses parties de pétanque dans le square et son mois de vacances à La Rochelle (« terre des *ancêtres* de ma femme », disait-il en se payant la tête de maman). Là, peinard, il pratiquait la pêche trente jours d'affilée avec des résultats satisfaisants. En tout cas, plus satisfaisants que sur le bord du canal Saint-Martin où il se rendait chaque dimanche en compagnie de son vieux pote René Fung, un cordonnier vietnamien récupéré par la mère patrie après la chute de Diên Biên Phu. Ce Viet parcheminé s'exprimait dans un français de blague d'écolier. Mais il était fort sympathique. Et il riait tout le temps. Un rire de lapin qui n'avait pas un rapport exclusif avec l'humour : il s'en servait aussi bien pour souligner une farce que pour présenter ses *sincères condoléances.* « Un rire *oriental*, tranchait maman avec une pointe de mépris. On ne saura jamais ce que ces gens-là ont dans la tête. Des fourbes, comme les autres ! » Profitant de l'engouement des Parisiens pour la bouffe exotique, ce René Fung avait ouvert une petite épicerie-restaurant pas plus grande qu'un mouchoir. Une vraie tirelire. Son fils unique avait fait Polytechnique. Un exemple d'intégration et de réussite, le René Fung junior. Il était même apparu à la télévision lors d'un congrès. Non, pas un congrès ; plutôt une conférence sur le commerce international Europe-Asie.

Quel dimanche mémorable ! Papa resta bouche bée devant le poste en entendant le Fung junior traduire dans un français parfait les propos des *bridés* (mot de maman), puis retraduire en langue non chrétienne le discours des chrétiens, deux opérations de sens contraire qu'il effectuait sans hésiter, avec une nonchalance et une souplesse dignes d'un diplomate. « Sacré René junior ! s'était exclamé papa. Ils ne sont pas très grands, ces orientaux, mais ils sont d'une intelligence ! — Malins, dirais-je, avait rétorqué maman. C'est comme les perroquets : ça répète tout ce qu'on leur apprend. D'ici peu, notre chère France deviendra une véritable Babel. Ou pire : un cirque ! » Cette façon de parler, maman la peaufinait jour après jour. Mais papa n'y prêtait pas une oreille complaisante, tout juste indifférente. Pour lui, ce n'étaient que paroles. Pas plus méchantes que d'autres. L'usage quotidien en banalisait la nocivité, comme une grenade à main désamorcée. Peu importait. Maman descendait acheter ses nouilles chinoises et son soja chez René Fung. Des produits authentiques. « D'origine, et pas fabriqués à la va-vite par Buitoni ou Dieu sait qui ! Ils sont beaucoup plus chers, ça j'en conviens, expliquait-elle à Monsieur Martin, le charcutier (de son vrai nom Cohen), mais allez faire comprendre à un étranger qu'en France il doit vendre moins cher que les autres. Je ne dis pas à moitié prix, mais, en tout cas, moins cher que ne font les Français. Vous n'êtes pas de mon avis, monsieur Martin ? — Ah, ceux-là, ma petite dame ! Ils débarquent chez nous pour faire fortune et rien d'autre ! Vous les avez rencontrés au Louvre ou au musée Grévin ? Zéro ! Notre culture ne les intéresse pas, pas plus que notre histoire. Il n'y a que notre pognon qui les intéresse ! » Elle, petite fille, regardait maman et Monsieur Martin à tour de rôle. Ils pouvaient s'entretenir sur ce sujet un bon moment, pendant que le charcutier découpait le saucisson en rondelles ou vidait un poulet. Des clients intervenaient parfois : « Voilà ce qu'il faudrait que nos enfants comprennent ! Ils apprendraient ainsi à faire la différence entre Français de souche et Français d'occasion. Ou d'emprunt ! — Ah, comme vous avez raison, madame Poniatowski ! Le jambon de Parme, je vous le coupe comment ? — Très fin, merci ! — Mais que font-ils de leur argent ? Ils vivent comme des porcs, entassés les uns sur les autres ! — Mais, madame Garcia, c'est qu'ils envoient tout chez eux ! C'est avec notre fric qu'ils reconstruisent leur pays. Vous parlez d'une mafia ! »

Elle, petite fille, adorait se rendre chez sa copine Farah. Toute la famille vivait autour d'une table basse, mangeait dans un même plat. Pas de couverts, pas de chaises : un vieux coussin et les doigts suffisaient. Puis, après le repas, on t'envoyait illico te laver les mains. Ni vu ni connu. *Se servir proprement* d'une fourchette et d'un couteau et *bien se tenir à table* devenait du même coup des règles toutes relatives ; ça relevait de l'univers de faux-semblants délimité par le canapé et les fauteuils de la grand-mère. « Cette gamine finira par pratiquer la danse du ventre ! » prophétisait maman. Papa prenait ses boules de pétanque et sa casquette ; opposant un dos sourd comme un mur aux reproches maternels, il disait : « Tu viens, ma fille ? Aujourd'hui, je me sens en grande forme ; je vais montrer à ces couillons ce que c'est que la classe ! » Ce n'était pas un bel endroit, comme l'avenue de Breteuil. C'était Belleville. Une autre planète.

Il existe des souvenirs calmants, assoupissants. Une sorte d'opium. Et la femme grise ne l'ignore pas. Ceux qui ont trait à son père ont la faculté d'adoucir son visage en effaçant sa crispation habituelle et de peindre sur ses lèvres un sourire tendre, quasi imperceptible. « Un sourire hypocrite ! » pestait sa mère qui n'avait jamais apprécié sa façon secrète de se réjouir, comme gardant pour soi quelques satisfactions intimes. Sa mère a tout d'un flic : le comportement, le ton inquisitorial de sa voix. Derrière chaque mouvement d'humeur, le moindre comportement (fût-il le plus discret, comme un sourire mélancolique), elle soupçonne des motivations inavouables. Avant, elle appelait ça des *mobiles* ; mais, depuis qu'elle fréquente Saint-Nicolas, elle a arrondi son chef d'accusation, y ajoutant l'épithète *inconfessables*. On apprend vite sur le tas. *Mobiles inconfessables* mêle à merveille justice et religion, et ça dit tout. La passion de sa fille pour un nègre appartenait à ce type de déviations. Si, comme c'est l'obligation d'une fille, elle s'était montrée franche avec elle, un bon conseil administré au bon moment aurait arrêté net l'affaire. Et quand on interrompt une mauvaise affaire, on évite les gâchis qui en découlent. *Mea culpa*, maman. Mais n'oublie pas que ta philosophie, je me la mets là où je pense.

Le sourire voletant sur son visage s'évanouit soudain, il n'en subsiste plus la moindre trace : l'image de sa mère l'a sans doute effrayé, comme l'oiseau prédateur effraie la libellule. Une couche de néant se dépose sur ses pupilles, à nouveau sans regard ; une pellicule d'absence ternit sa peau jusqu'à la rendre opaque comme celle d'un cadavre. Cette femme est morte. Sa main crispée tâte encore le pistolet, mais c'est une main morte ; son geste fébrile n'est qu'un dernier spasme, celui qui suit de près l'agonie, l'ombre agitée que laisse la vie quand elle vous quitte en tournant le dos. Même le soupir que lâchent ses lèvres rappelle un râle de mort, la fuite d'air subite d'un ballon crevé ; après ne reste qu'un vulgaire lambeau de matière plastique. Ou humaine.

N'importe. Ce repos des morts lui convient à merveille. Un repos parfait, sans projets, sans lendemain. Car cet autre projet, ramassé dans la forme du pistolet, est un projet si ferme, si arrêté dans son esprit qu'on pourrait croire qu'il a déjà été exécuté. Au surplus, il s'agit d'un projet pour aujourd'hui, pas pour demain. Aujourd'hui c'est aujourd'hui, demain n'est rien. *Rien*, quel mot magnifique ! Il tourmente, angoisse. Mais seulement au début. Et pas pour longtemps. Plus tard, quand il s'empare de tout ton être, qu'il t'investit, t'inonde comme une vague inféconde, ce mot te rend légère, irresponsable, il te déleste du poids de l'avenir, te libère de toutes contraintes. Il remplace Dieu. C'est Dieu. Un dieu qui t'ouvre les portes du néant. Et le néant c'est le bonheur. Fini le choix entre deux routes à suivre, plus de route. Les quatre points cardinaux de la vie s'estompent. Nul besoin de repères, plus de repères. Ta droite, ta gauche s'effacent. Plus d'hésitation. Le bien et le mal deviennent inexistants, on jette sa conscience à la poubelle. Plus de conscience. Faut-il inventer un autre langage ? Mais pour quoi faire, puisque tout devient muet, silencieux ? Conscience et Justice, bavardes impénitentes, ferment leur clapet à perpète. Et c'est la paix.

— C'est bien le néant, murmure, les dents serrées, la femme quelconque.

Elle ne sent plus le temps passer. Dans la grisaille des Pâques parisiennes, elle fait partie d'une nature morte. Assise, toute raide, sur un banc de l'avenue de Breteuil, elle regarde s'ébrouer et picorer les moineaux. Mais elle les voit à peine. Pourtant, ça bouge près d'elle. Pas uniquement les piafs. Une flopée de touristes, garçons et filles, investit le gazon. Panique chez les volatiles qui regagnent en bande les branches nues des arbres. Branle-bas de combat. Des Allemands, sans doute. Leur comportement guerrier (même en vacances) les dénonce. Leur parler guttural rappelle certains films à la télé ; des mots abrupts, lancés comme des ordres. N'y manquent que les grognements des dobermans... « L'occupation boche nouvelle formule », dirait sa mère. Mais, toute bruyante qu'elle est, cette nouvelle occupation reste pacifique. Ils s'amusent à plaisir, au cours de ce week-end parisien, rigolent en étalant sur la pelouse leur insolite butin : des souvenirs typiques achetés en vrac sur les quais de la Seine ou à Montmartre, des babioles bon marché d'une laideur parfaitement chauvine : Sacrés-Cœurs, tours Eiffel, Moulins de la Galette... Les Allemands sont tous blonds. Ou le paraissent. Tous costauds, lourdauds. Un peu trop, maugrée la femme assise en jetant un regard en biais à la cohorte de fessiers rebondis. Maman déteste ça, elle n'apprécie que la maigreur squelettique, qu'elle appelle *minceur Chanel*. « Un poil de distinction ne fait de mal à personne », pontifie-t-elle en toisant d'un œil torve l'imperméable de chez Tati. « Tu es un vrai désastre. On croirait que tu t'habilles au Secours rouge ! » (Ça existe encore, le Secours rouge ?) Les jeunes Allemands, eux, prennent du bon temps. A Paris, ville de leurs rêves. Ils cassent la croûte sans manières : des baguettes ramollies, de la charcuterie sous plastique, des laitages, des fruits, des canettes de bière et de Coca. Fini les p'tits restos sympa ; on n'en trouve plus dans le Paris-pas-cher. Ils ont sans doute dû se résoudre à dévaliser un Félix Potin. Ou l'Arabe du coin. « C'est du pareil au même, affirme sa mère. Félix Potin, c'est le roi du Maroc, ou l'émir du Koweit, je ne sais plus ; les épiceries, des Maghrébins moins haut de gamme, de simples immigrés. Mais tous des bougnoules. Ils achètent la France petit à petit. Ils nous la bouffent. De vrais termites. D'ici peu, en France, il ne restera plus rien de français. Plus rien ne nous appartiendra ! »

Maman exagère. Comme à son habitude. Elle a toujours eu le sens de la catastrophe. Une sorte de *sixième sens*, affirme-t-elle, qu'elle entretient comme une vertu rare, un don du ciel. « Si le reste des Français était comme moi, la France n'aurait jamais cessé d'être la France ! » Elle ignore ce que va finalement devenir cette France abâtardie. « Une jument. En tout cas, rien d'une pouliche pur sang ! » Ouais, une noble futaie d'arbres généalogiques envahie brusquement par la broussaille...

Elle s'en fiche, la femme grise. Vide sur du vide. Et tant mieux si ça coule à pic. Elle a perdu son fils, n'est plus personne. Elle ne possède plus rien. Son petit appartement, le nid de Julien, acheté à coups de sacrifices et pas encore fini de payer, peut lui aussi tomber entre les mains des Arabes ; elle ne bougera pas le petit doigt pour le leur réclamer. Ce matin, en le quittant, elle a eu la certitude qu'il s'agissait d'un abandon définitif, qu'elle ne rentrerait pas le soir. Cette nuit, elle ira en prison. Peut-être pour le restant de sa vie. Si un jour elle en sort, elle n'aura d'autre adresse que la tombe de Julien. Pas d'autre domicile. Elle crèvera collée à cette tombe, comme une clocharde. Nul ne saura que c'est une mère qui vient s'échouer là ; plutôt une malheureuse, une pauvre folle. C'est son unique avenir, le seul auquel elle aspire : un banal dénouement de fait divers. Pour la justice, le meurtre de son fils n'était que ça : un fait divers quelconque. Sa propre mère n'eut pas même la décence d'appeler ça *un malheur*.

Qu'attend-elle de son acte de justicière ? Défrayer la chronique ? Devenir un exemple pour la société, le pays, le reste du monde, les générations futures, l'humanité au grand complet ?

Non. Elle veut uniquement tuer.

Elle crache avec dégoût sur la pelouse lustrée de l'avenue de Breteuil. Ce geste, elle le fait pour la première fois de sa vie.

La matinée avance. Il doit être midi. Une heure, peut-être. Elle regarde machinalement sa montre. En vain : elle a oublié de la mettre, ce matin.

111

C'est tant mieux. Le temps ne compte plus. Qu'il passe ou s'arrête, elle ne ratera pas son rendez-vous. Pour le reste... Le chat ne l'attend pas, Monsieur Paul est parti à la chasse. Quant à sa mère... Allez savoir. Prise jour et nuit par la préparation d'une manif, d'un banquet ou d'un meeting. Ou déjà en campagne. Ah ça, les élections... Elles ne manquent pas, dans ce pays ! On passe la moitié de sa vie dans les isoloirs, un bulletin à la main. Des chiens dressés. Elle-même en a eu marre. Elle a dit non, je ne vote plus. Mon cas n'est consigné nulle part. Fille-mère blanche à enfant noir, c'est une catégorie qui n'apparaît jamais dans les programmes, elle a pris soin de les lire tous ; aucun politicien ne s'en soucie. En déchirant sa carte d'électeur, elle a gagné des matinées entières, des dimanches complets pour s'occuper de son Julien, avoir plus de temps à lui consacrer ; elle trouvait ça plus civique que d'aller voter pour les soucis des autres, leurs lubies ou leurs manies. Les gens votent n'importe quoi, n'importe comment, aujourd'hui rose, demain jaune. Ils changent d'opinion comme de chaussettes. Ça ne croit plus à rien, les gens. Surtout pas à un monde meilleur. Ou moins mauvais. La situation, la marche du monde les arrange ou ne les arrange pas, c'est personnel. Pire : individuel. Fini ces modèles de monde idéal auxquels on tenait autrefois ; ça fait ringard, un monde idéal. Seuls comptent la bouffe et le portefeuille... Elle, par contre, a un projet, ce samedi de Pâques. Non, pas un projet de société, comme on dit ; la société, elle s'en balance. Un projet de justice. Oui, on peut le nommer ainsi. Un projet pour lequel elle ne fait confiance qu'à son propre candidat : une arme. Les armes remportent toujours les élections. C'est la loi du plus fort.

Elle ricane, jette un regard alentour. Cette ville qu'on appelait jadis la *Ville lumière*, berceau de la révolution, phare de l'humanisme, somnole à présent dans l'apathie. Elle est droguée d'indifférence, pourrie d'indifférence. Eh bien, elle va la réveiller en sursaut, cette ville-cercueil. Un beau cercueil, dites-vous ? Sûrement ! Elle ne prétend pas le contraire. Julien était de cet avis, d'ailleurs. Il adorait ces tours, ces dômes, ces obélisques, ces ponts. Et les jardins, les arbres des avenues, les arcs et les fontaines. Il disait, émerveillé : « Maman, n'est-il pas vrai que je suis né ici ? » Quelqu'un avait sans doute posé cette question à l'enfant noir : d'où tu viens, toi ? « Alors Paris m'appartient comme aux autres. C'est ma ville ! » Son cercueil, oui. Son Golgotha. Dans cette ville assassine, un jeune fauve blond armé d'une carabine lui a troué la peau. Non, pas ici, place de la Concorde : au cœur même de l'Histoire, de la Grandeur, on ne tue pas. Ici, c'est pour la frime. Ou pour la gloire. Les plus cotés des fantômes du passé et les grands du présent s'y donnent rendez-vous, y paradent, y survivent, musée de beaux symboles. Non, pas ici. On ne souille pas la gloire avec le sang d'un innocent, fût-il noir. Pour la gloire, le temps garde les mains propres ; il se fait éternel, ne bouge pas, n'oublie rien. Ici, chaque morceau de pierre se revêt des oripeaux des plus illustres protagonistes. Julien, l'enfant noir, est tombé dans un square pelé, devant une HLM, comme un rat dans son caniveau. Un rat noir dans un obscur cloaque !

— Saloperie de justice ! hurle-t-elle dans le vacarme citadin.

Personne n'entend son cri.

Elle erre rue Royale. Les yeux morts. On ne remarque pas le regard d'une femme de cette espèce, une femme-cadavre. On ne cherche pas à croiser ce regard vide. On n'y lit rien. Et c'est bien dommage. Ce regard contient le plus cruel faire-part que la mort puisse nous adresser. Il parle d'oubli. Il ne dit pas : « Je vous rappelle que Julien est mort, il devait avoir quatorze ans cet été, avait la peau noire, c'était mon fils. » Non. Il dit tout bêtement : « J'ai enfanté le néant. » Qui voudrait lire ça ? Quelle relation entre *donner la vie* et *donner le jour au néant* ? Aucune. Cette femme-mort porte sur le visage un regard inintelligible. Un regard comme à l'envers, tourné vers sa propre solitude. Ces regards ne se déchiffrent pas. Nul n'en connaît le code.

Le regard atone se pose sur une vitrine fleurie. Une vitrine élégante, exposant avec un goût raffiné des fleurs de luxe. Celles-ci arborent avec hauteur leurs flamboyantes couleurs. Il n'existe sûrement pas dans la nature de couleurs si remarquables. La femme grise n'en a jamais vu

114

de pareilles. Les mots ne sauraient les définir avec précision. Du moins, pas ses mots à elle. Oui, c'est ça : des couleurs inventées. Semblables en cela aux rêves. Pétales doux, soyeux, satinés, comme découpés dans ces étoffes dans lesquelles on drape les saints. Ou les stars qu'on voit au cinéma. Voilà : des fleurs de chair. Chair tendre et trans-lucide qu'une rare combinaison de tons pastel rend presque irréelle... Protégées par la vitre, ces fleurs s'épanouissent comme des sourires d'ange au bout de leurs longues tiges, des tiges droites et lisses qui s'ornent à l'occasion de feuilles d'un vert profond, larges, exotiques, soigneusement décou-pées, les unes telles des collages, les autres feston-nées de franges capricieuses (elles lui rappellent cette verdure amazonienne des papiers peints, à Saint-Germain-des-Prés). Ces fleurs baignent dans des vases de cristal aux formes recherchées (bizarres, dirait-elle plutôt), aux tonalités dégradées, si sophis-tiqués que vases et fleurs finissent par se confondre, se ressembler comme des substances jumelles. Divine beauté, Seigneur ! Quelle classe ! Elle est certaine que ces bouquets sentent encore meilleur qu'un parfum de prix. Oui, avec plus de densité et plus de profondeur, vous donnant l'impression d'être vous-même un corps aromatique, un être constitué seulement d'essences rares, exempt de viscères. Ces fleurs, se demande la femme grise, à quoi servent-elles ? à égayer la vie ou à parer la mort ? Ni l'un ni l'autre, se répond-elle. Ces prodiges ne s'épanouissent que pour les salons, les célébrations officielles, les réceptions mondaines, ces occasions où la vie et la mort marquent le pas. Elles se tiennent au garde-à-vous pour des rites étrangers à leur rôle d'origine. Elle ont l'utilité sociale des belles étoffes, des bijoux de famille, des parfums délicats, des tenues d'apparat, elles font partie de la cérémonie, deviennent elles-mêmes cérémoniales, tandis que les autres fleurs, les normales, restent cantonnées au règne végétal. Ces fleurs, c'est *autre chose*, pense la femme quelconque. Impossible de les imaginer en pot ou en parterre, exposées à la rage des éléments, à la voracité des insectes, fanées par excès de soleil ou manque d'eau, brisées par une rafale de vent, piétinées par les pattes d'un animal. Elles ont germé, sont nées, ont poussé, grandi en serre, alimentées au goutte-à-goutte, sans autre vocation que d'être la beauté, une beauté pure, sans faille. Ni mortes ni vivantes, ni naturelles ni artificielles, leur seule fonction réside dans l'ornement, comme l'or en feuille habillant la répugnante asexualité des anges. Non, impossible de concevoir une abeille ou une guêpe posées sur leurs pistils, butinant leur nectar, à moins que ces insectes ne soient eux-mêmes faits de pierres précieuses, joyaux posés sur d'autres joyaux. Des fleurs-calices, des fleurs-ciboires, des fleurs-reliquaires. Bref, des fleurs-objets de culte. Présentés comme sur une carte de restaurant, calligraphiés de la plus exquise façon, leurs noms et prix proclament leur diffé-rence avec les pauvres fleurs du commun : leur identité se révèle imprononçable, leur coût inac-cessible.

La femme de ménage hoche la tête à plusieurs reprises. L'idée lui vient de faire main basse sur ses économies et d'offrir à Julien une de ces fleurs. Mais elle se ravise aussitôt. Et se dit : « Je délire. » Qu'irait faire une fleur de cette sorte sur la pierre tombale d'un nègre ? Du gardien de cimetière aux anges pétrifiés en passant par les morts blancs et leur blanche parentèle, nul ne manquerait de se sentir vexé, voire scandalisé par l'outrecuidance d'un défunt inférieur, directement issu d'une race inférieure. Un crâne de singe ou de zébu, soit ; mais une fleur exquise au nom sophistiqué... Chaque chose à sa place. Chacun à sa misère. Réglé. Ces fleurs à la beauté mythique n'ont rien à redouter de la femme grise. Leur destin naturel les voue aux suites des palaces. Pas à orner la tombe d'un enfant noir. Métisses elles-mêmes, elles n'ont pas été créées pour les sang-mêlé. Le croisement dont elles sont issues est d'un autre ordre : l'ordre du sublime, d'une nature supérieure. Hybrides, elles n'en accèdent pas moins à la nature des dieux, les erreurs d'accouplement entre êtres humains leur sont inconnues. Elles incarnent la grâce, pas la faute.

Imaginant ses rudes mains de femme de ménage composant un bouquet de ces fleurs-bibelots sur la tombe de l'enfant noir, son fils, elle sourit avec malignité. Elles flétriraient d'un coup, ces fleurs de lumière, blessées à mort par l'inconcevable humiliation. « Allez, mes jolies, pas de panique ! » lâche-t-elle en ricanant.

De toute façon, elle a visité la tombe de Julien

pour la dernière fois ce matin. Certes, elle a encore une ultime preuve d'amour à lui offrir, mais celle-ci n'a aucun rapport avec la niche contenant ses restes. Ni avec les fleurs. Ni avec les prières. C'est une marque d'amour d'un ordre différent. Elle palpe avec impatience le pistolet dissimulé dans son sac. L'arme attend son heure. Elle aussi.

Elle continue de déambuler. Grise. Quelconque. On la croirait guidée par la seule curiosité, comme à la découverte d'un univers dont les portes lui auraient été soudain ouvertes et qu'elle n'aurait auparavant entraperçu que dans les pages des magazines sur papier glacé. Peu importe qu'elle feuillette ceux-ci que de longs mois après leur parution. Le monde qu'ils illustrent semble éternel, immuable. Le luxe ne vieillit pas, ne prend pas de poids ; ses traits restent lisses comme ceux d'un Enfant-Jésus : pas l'ombre d'une ride...

Voici Fauchon et ses vitrines regorgeant de produits exotiques ! Elle connaît l'enseigne de cette maison, Monsieur Paul y achète certaines épices, eaux-de-vie ; désormais, le vieil homme ne se déplace dans des contrées lointaines que par la dégustation, la gastronomie exotique. Ici, un minuscule piment ou une tomate-cerise vous coûtent une fortune. Inutile d'essayer de pénétrer dans cette caverne aux senteurs rares si l'on n'est pas enveloppée de vison et ennuagée de Chanel numéroté. A quoi bon couver des yeux cette accumulation de mets choisis, presque divins, à la portée de si peu de bouches et de si peu de poches ? Elle aurait pourtant de bonnes raisons de le faire, marmonne-t-elle. Autrefois — croit-elle se souvenir — on apportait de la nourriture sur la tombe des morts. On appelait ça des *offrandes*. Une preuve d'amour posthume ou de permanence de la mémoire, elle ne sait pas au juste... Pourquoi n'achèterait-elle pas un de ces fruits venus d'ailleurs comme offrande à l'absence de Julien ? Aura-t-elle le courage de le faire ? Hélas, non. Même en brandissant dans sa rude main un gros billet (passe-partout qui, dit-on, vous ouvre les portes les mieux closes), elle se demande ce qu'elle viendrait faire dans ce temple de l'exquis, accoutrée d'un imperméable de chez Tati et empestant les remugles de Barbès-Rochechouart. On a beau vivre ensemble sur cette terre, à Paris on ne court pas le risque de se mélanger ! Et c'est fort bien ainsi. Tout compte fait, elle n'a rien à voir avec ce monde nanti qui paie sa justice à prix d'or. Non, rien à voir. Elle, qui n'a pas d'argent, ne peut honnêtement se plaindre du prix de l'injustice. L'injustice est gratuite. Donnée, comme qui dirait. On te la jette à la figure et on n'en parle plus. Nul n'a le droit de marchander pour ce qui ne coûte rien. On boit jusqu'à la lie. C'est tout. Certes, son jugement manque de discernement, mais, même effacée, maladroite, cette petite femme grise a eu tôt fait d'apprendre le mépris. Elle tourne le dos à Fauchon, paroisse de l'abondance interdite, et se retrouve soudain face à la Made-

leine. Froid dans le dos. Un frisson d'outre-tombe.
Cette église aux allures funèbres fait soudain de
Paris le plus grand mausolée de la planète, comme
si dieux et croyances y avaient été ensevelis puis
artistiquement empaquetés en un *bel ensemble
monumental*. Un office a lieu à l'intérieur. Un office
de ténèbres : les chants qui s'en échappent sonnent
comme un chœur de spectres. Le bruit assourdis-
sant de la circulation ne parvient pas à les étouffer,
à les banaliser. Là aussi, on pleure un mort. Un
mort mille fois tué, mille fois ressuscité. Douleur
et larmes se sont peu à peu métamorphosées en
notes musicales, en paroles poétiques. Petite fille,
elle avait l'impression que les Pâques étaient
comme une grosse boîte de farces et attrapes d'où
jaillissait, quand on l'ouvrait, le Christ dans toute
sa déchéance puis dans toute sa gloire, pantin
tragique et grandiose. Une pantomime plutôt
qu'un deuil. Cette vision ludique de la Passion l'a
sans doute empêchée d'être bonne chrétienne. La
femme passe son chemin. Son imperméable anonyme se fond dans la foule comme une feuille
morte tombée dans un sous-bois. Il la rend
totalement invisible. Pourtant, cette femme inexis-
tante est un piège mortel. Comme un colis de
terroriste.

L'Opéra. Ses statues, ses bronzes verdâtres. Le
faste de ses lampadaires éteints. Elle n'est jamais
allée à l'Opéra. Ce genre d'*activités culturelles* n'était
pas consigné dans le livre de son destin. Sa vie

n'était pas faite pour être mise en musique. Et il est déjà trop tard pour en changer la partition. Ou pour en détourner le cours, comme on dit. Son destin devait suivre une ligne précise, jusqu'à l'inévitable point de chute. Inamovible, le destin de certains ; inamovibles, les lois qui le régissent.

La femme grise s'éloigne une nouvelle fois de la *grandeur*. Elle est consciente que cette sorte de grandeur ne la grandit pas ; bien au contraire, elle ne sert qu'à accentuer sa petitesse. Elle est comme écrasée par la beauté, la noblesse du lieu, au point de se sentir comme jamais laide et quelconque. Sa mère a tout à fait raison d'affirmer qu'elle n'aurait jamais dû venir au monde. Elle est comme un furoncle sur la fesse d'un ange. Et personne n'y peut rien. Pauvre Julien ! Sa vie, sa mort méritaient mieux. Une douleur plus spectaculaire, moins anodine. Une justice plus éclatante qu'un banal coup de feu. Une justice au couteau, à la serpe, à la hache. Une justice exemplaire, primitive, comme au bon vieux temps.

Le ciel s'endeuille, l'humidité augmente, vous transperce jusqu'aux os. On dirait qu'une averse de neige fondue menace. L'un après l'autre les pigeons disparaissent sous les corniches. Ou Dieu sait où. Ces sacrés volatiles sentent les changements de temps à la manière des arthritiques : quoique citadins à part entière, ils restent nature. Elle emprunte la rue de la Paix, célèbre gisement de pierres précieuses. On dit qu'émeraudes et diamants y poussent comme des champignons. Défiant la grisaille de ce début d'après-midi pascal, les vitrines des joailliers brillent de tous leurs feux ; sur leurs présentoirs en velours, les bijoux rivalisent, se jetant leurs éclats à la figure comme les mauvais garçons leurs hauts faits. Ample comme un baudrier de guerrier, une parure de perles joue les m'as-tu vu. « Y a que la maîtresse de Crésus qui pourrait la porter, et encore ! marmonne la femme à l'imperméable plurisaisonnier. Ou alors la reine de Saba, après avoir vendu toutes ses vaches ! »

Elle traîne les pieds en ricanant toute seule. Toutes ces splendeurs déployées provoquent chez elle un singulier effet, une sorte de nonchalance inconnue jusqu'alors, une lassitude nouvelle, comme si son sang s'était mis à circuler au ralenti. Une chute de tension tout à la fois physique et émotionnelle. Elle marche avec difficulté, ses chaussures dérapent sur le trottoir mouillé par un crachin encore imperceptible. « J'aurais dû mettre des bottes... » Voilà une réflexion profonde ! Elle est sortie tôt ce matin avec la ferme intention de changer d'un coup de feu la face du monde, et la voici incapable de renoncer à l'habitude de penser pratique. Et même petit-bourgeois. Ce n'est pourtant pas de ce bois-là que sont faits les justiciers... Elle pousse un gros soupir. Un soupir de fillette. Quelle idée saugrenue que d'entreprendre cette traversée du luxe, en partant de la misère quotidienne pour atteindre à la misère ultime, celle du crime. Une baguenaude qu'elle aurait fort bien pu s'épargner. Il lui suffisait de tourner en rond dans son quartier en attendant l'heure de vérité. Ça mène à quoi, de passer les rues au peigne fin, comme si la ville entière n'était qu'un catalogue des injustices universelles, des déséquilibres mondiaux ? Est-elle si sûre que l'acte de justice qu'elle prépare soit de nature à secouer la société, à l'obliger à prendre conscience de sa désinvolture, de son inconsistance, de l'arbitraire avec lequel elle traite délibérément les faibles par rapport aux forts ? Deux poids deux mesures. Et le pire : cet état de fait paraît intangible. Son désespoir de mère est-il capable à lui seul d'y changer quelque chose ? Pourquoi pas. On se sent invincible quand la main palpe l'épaisseur d'une arme. Une arme confère un pouvoir tout neuf, un pouvoir secret, susceptible de causer à la fois sa propre ruine et la ruine d'autrui. Mais attention : la mort de l'autre, fût-ce d'un jeune tueur d'enfants, vaut-elle vraiment sa propre damnation ? « Oui, se répond-elle ; elle la vaut ! » Pour elle, l'Autre représente l'humanité au grand complet. Et ce tueur d'enfants représente, lui, une humanité qu'elle exècre. Une humanité cannibale dans laquelle les mieux armés abattent les plus fragiles, se nourrissant ensuite de leur chair. Les lois n'y sont que faux-semblants, la justice une pure complicité. Elle-même et son fils mort en portent témoignage. Ils en sont les preuves et les victimes. Avant de devenir à leur tour juges et bourreaux.

Le moteur ronronnant, une limousine blanche attend devant la porte d'une bijouterie. L'établissement arbore un nom que la femme grise connaît depuis l'enfance, un nom répété avec révérence par sa mère des années durant, au même titre que ceux de Chanel ou de Fauchon : ce nom fait partie de sa litanie de la richesse, de l'élégance, du chic ; il est synonyme de classe ; il figure dans son Gotha personnel au côté du Bon Dieu. La femme quelconque examine avec curiosité ce saint des saints. Il ne s'agit pas d'un mirage : le sublime existe *réellement*. Tout près de la portière de la voiture se pavane un chauffeur uniformé. On dirait un paon en pleine parade nuptiale. Rigide comme un manche à balai, le torse bombé, il essuie d'un impeccable gant blanc les menues gouttes d'eau que le crachin a déposées insidieusement sur la statuette argentée couronnant le radiateur : une figurine prête à s'envoler à l'instar d'un oiseau ou d'un séraphin, mais soudée à la carrosserie comme une vulgaire marque de fabrique. La femme au pistolet ignore quelle est cette glorieuse marque, elle n'a jamais été une fanatique de la voiture, ni n'a d'ailleurs jamais appris à conduire. Julien, par contre, rêvait de passer le plus vite possible son permis ; regardant à la télévision le champagne éclabousser les têtes des champions, il voulait devenir lui-même pilote de course. « Ça gagne un fric fou ! » philosophait-il. Le seul détail qu'il ne remarquait pas, c'était l'absence de Noirs parmi les as du volant. Fils d'une mère blanche, Julien se voyait blanc. Et croyait posséder l'ensemble des droits que confère la *blanchitude*... En revanche, elle, près de cette limousine, malgré son amour et son chagrin, ne peut imaginer son fils qu'en chauffeur de voiture de location. Même plus ça, à présent, puisque Julien est mort.

Cette mort, elle la porte comme un trou noir, situé là où était jadis placé son cœur. Devrait-elle dire son cœur de mère ? Non, elle ne le peut plus. Elle a perdu sa maternité comme on perd sa virginité : pour toujours. Elle a cessé d'être mère. Prévoyante, la Gueuse l'a congédiée de ce poste à hauts risques. Et elle n'est plus en âge de recycler son ventre. Ni son cœur. Elle peut pleurer sans larmes, se consumer de rage ou de dépit, crever de douleur ; elle peut traîner en ville comme une clocharde, ricaner devant des fleurs et fruits de luxe, lorgner avec envie les voitures de maître ; elle peut à la limite tâter son pistolet en se répétant pour la énième fois : « J'ai un compte à régler et je vais le régler ! » Mais elle ne pourra plus jamais être la mère de Julien. Car son Julien est mort. Tout ce qui lui reste, c'est ce chemin qu'elle doit poursuivre. Un chemin de croix rendu inesquivable par la justice des hommes et que l'arme cachée dans son sac, avide de meurtre, lui indique comme l'aiguille d'une boussole. Sur cette boussole, la mort a remplacé les quatre points cardinaux : elle est le nord et le sud et l'est et l'ouest. Et chaque espace qui les sépare. Aussi long, aussi loin, aussi large que son regard peut porter, la mort occupe l'horizon entier.

La porte du bijoutier célèbre s'ouvre. Protégé par un vigile qu'on devine armé jusqu'aux dents, accompagné par les salamalecs d'un homme en costume croisé, un couple sort de la boutique. Lui, l'air d'un Libanais. Peut-être d'un Arabe. Sans doute quelque magnat du pétrole venu de l'émirat de Dieu sait quoi, perdu dans les sables de Dieu sait quel désert. Son teint est basané, sa taille moyenne alourdie d'un abdomen de bon vivant. Il porte barbe et moustache très courtes, très noires et très soignées. Une sorte d'humidité huileuse baigne ses iris. Mains potelées, lèvres épaisses, nez aquilin. On l'imagine sans peine en costume typique, mais la femme à l'imperméable élimé ne saurait préciser lequel.

Elle, envisonnée jusqu'aux mollets, est grande et jeune. Une superbe rousse à peau blanche et laiteuse, aux yeux verts. La splendeur, l'abondance de la chevelure couronnant sa tête rappellent les flammes par ces jours d'été où l'on voit à la télévision brûler les pinèdes. Ici, sous le crachin parisien, cette exubérance est encore plus saisissante, se dit la femme quelconque. On la croirait sortie d'une page de magazine, la belle rousse. D'un *Marie X* ou d'un *Madame Y* imprimé tout en couleurs sur papier glacé. Un ancien mannequin recyclé dans la compagnie haut de gamme. Ou tout bêtement en épouse de prince arabe. (Ou de petit cousin de prince arabe. Ou de beau-frère de prince arabe. Là-bas, l'identité officielle dépend d'un lien de parenté ou d'appartenance. On existe socialement aux frais du prince, comme qui dirait.)

Son parfum lui ressemble : trop lourd pour être discret, mais trop cher pour paraître vulgaire, une essence fabriquée pour instaurer cet équilibre précaire entre le manque de goût et l'excès de moyens. Vraiment une fille superbe, se dit admirative la femme grise. Nacrée de peau, rousse de chevelure, verte de regard. Elle est comme un drapeau. Ondoie comme un drapeau. Une femme étendard. Elle pourrait mobiliser un bataillon de mâles, les mener à la guerre, la victoire ou la mort, sans rien donner de soi que son allure. Mais cette fille remarquable n'a rien d'une mascotte de régiment, c'est la maîtresse d'un nabab arabe. On ne chante pas sa beauté dans les tranchées, dans l'attente d'une mort glorieuse, on la tripote et la souille sur le plumard muet d'une chambre de palace. Il faut du luxe pour que son sacrifice devienne sublime. « La qualité des draps fait toute la différence entre la pute et la maîtresse », disait maman. L'évangile maternel ne trompe pas : un corps d'Asiatique, voire d'Africain, drapé dans du satin ne saurait se comparer à *un corps de nègre* à poil sur la paillasse nue d'un marchand de sommeil. Même si l'un et l'autre ne sont en fin de compte que de sales corps d'étrangers.

Présente malgré elle dans son esprit, l'image de sa mère déteint sur la femme grise ; elle lui fait oublier sa retenue, perdre sa pudeur. Et voilà qu'elle se met à jauger ce couple d'un regard de voyeuse. Un comble ! Attitude d'irrespect inédite chez elle. Une attitude grossière. En d'autres circonstances, jamais elle ne se la serait permise.

127

Ce n'est pas en réagissant avec mesquinerie qu'on peut se mesurer à l'injustice. Elle s'en veut.

Pourtant... Non, ça n'a pas l'air d'être bien compliqué, le viol d'autrui. Ça vient tout seul. Comme les jurons, les crachats. Femme douée de peu de fantaisie, incapable de dépasser les bornes du réel, elle se surprend soudain à imaginer l'homme ventru et basané s'affalant sur la délicate chair laiteuse de la jeune femme, la souillant de ses sueurs, la forçant à feindre la passion, la branchant tout entière à son désir, l'obligeant à s'ouvrir comme un fruit, à lui exhiber la blessure de ses entrailles, palpitante blessure que la raide virilité brune, affamée d'humide intimité, assoiffée de sang, harcèle comme un chien en rut. Poils drus et noirs, soyeux poils roux se mêlent comme l'herbe sèche et le feu. Les cris, les mots aussi. Peut-être l'amour, même si sa conviction profonde de femme quelconque est que l'amour fréquente peu le linge fin d'un lit loué à dix mille francs la nuit.

Un splendide collier d'émeraudes pend au cou de la fille rousse. Celle-ci le palpe, ravie. Puis, de l'air circonspect d'une employée de banque, elle dit à son compagnon :

— Tu sais, chéri, je ne suis pas du genre des filles frivoles qui aiment les cadeaux pour les cadeaux. Non, non, de ce côté-là, je me vois plutôt comme une femme-épouse : je les apprécie *uniquement* en fonction de leur valeur. C'est-à-dire quand ils constituent un très bon placement. Chers et somptueux. J'ai horreur du périssable et ne m'attache qu'aux amours et aux biens durables. Ce superbe collier est un vrai placement pour la vie. Les douze millions qu'il t'a coûtés aujourd'hui vaudront toujours douze millions. Voire davantage. Qu'elle soit précieuse ou non, la pierre ne perd jamais de sa valeur, au contraire. C'est ton courtier qui l'a dit. Et il sait de quoi il parle, n'est-ce pas ? Et puis, comme preuve d'amour, c'est merveilleux ! Je suis sûre à présent que tes sentiments à mon égard ont le même poids et surtout le même prix que tes mots. On rentre à l'hôtel ? J'ai rendez-vous chez mon couturier en fin d'après-midi, on peut donc passer deux petites heures ensemble. J'ai remarqué dans quel état te mettaient la vue et le toucher de ce magnifique bijou. Il doit me ressembler !

Un rire cristallin (comme on en entend souvent à la télé) accompagne et souligne ces sages propos. Elle entre la première dans la voiture. Son propriétaire l'y suit. Le chauffeur claque la portière.

La femme quelconque assiste bouche bée au départ du Sexe et la Richesse. Ils disparaissent plus bas, vers la place Vendôme dont la colonne crève le ciel bas.

Douze millions ! D'où ont-elles donc été extraites ces émeraudes ? Des ovaires de la Vierge ? Des couilles de saint Michel Archange ? Du plus profond de l'Atlantide ? Ce chiffre bourdonne dans ses oreilles comme un essaim de guêpes, il tourbillonne dans son cerveau, mais sans produire d'image précise ; puis, subitement, il se matérialise en mots et prend corps dans sa bouche :

— Douze millions !

La femme à l'imperméable élimé prononce le chiffre d'une voix à peine audible ; nonobstant, elle a l'impression que ses mots retentissent autour d'elle comme un coup de tonnerre. Sa rude main aux ongles ternes cache soudain sa bouche. Comme si elle avait proféré un juron. Ou un blasphème. Ses propres gains ne dépassent pas les sept mille francs par mois, bien que Monsieur Paul la paie un prix fort convenable. Monsieur Paul ne l'exploite pas. Militaire de carrière, le vieux est un type régulier. Elle s'est renseignée à ce sujet. Non, ce n'est pas qu'elle se plaigne de son sort, mais tout de même, douze millions pour quelques émeraudes... ! Combien de temps devrait-elle trimer pour s'acheter ce genre de babioles ? Des années ? Des siècles ?

Oui, elle délire. Son cou de femme de ménage n'est certainement pas fait pour porter une parure précieuse. Sa peau fanée ternirait à coup sûr l'éclat des pierres. Sur elle, le plus coûteux bijou tournerait vite à la camelote. Sa mère ne cesse pas de le lui dire : « Tu as beau être ma fille, tu es vulgaire comme un chardon ! » Elle a sans doute raison. Depuis qu'elle se frotte aux gens du Front, maman a réussi un bel exploit : bâtir une nouvelle image d'elle-même. Cette nouvelle image ne rappelle en rien la touche « La Redoute » qu'elle arborait partout quand elle aimait encore montrer son nez à La Rochelle, terre de ses *ancêtres*. Elle est plus chic, plus raffinée. Plus parisienne, en somme. Une espèce de Coco Chanel de Monoprix, parapluie assorti. C'est justement cela qui donne au Front son air bcbg, les jours de manifestation place des Pyramides. Un air sain, distingué, accordé aux qualités de la Pucelle. « Ça évite à notre pauvre sainte nationale tout risque d'urticaire ! » C'est entendu. Mais, femme de ménage à mi-temps chez Monsieur Paul, fille de sa mère à temps complet, elle aurait beau se faire blondir chez le coiffeur et mincir chez le diététicien, elle n'arriverait jamais à se faire passer pour cet ersatz de *Madame Figaro* auquel a atteint sa chère mère. Elle demeurerait femme du commun, ménagère anonyme. Prolétaire à perpète. Le Bon Dieu nous a faits comme Il nous a faits. Une fois pour toutes. Difficile, sinon impossible de corriger sa copie. Elle est, sera toujours moche et quelconque. Au demeurant, quoique sanglée dans un petit tailleur seyant aux couleurs de la France, sa mère n'en exhale pas moins sa triste condition de veuve de cheminot métamorphosée en petite bourgeoise. Les besoins de la cause sont une chose ; la triste réalité en est une autre.

— Douze millions, répète-t-elle, de l'aigreur plein la bouche.

On croirait qu'elle est folle. Une folle en liberté rabâchant sans arrêt le non-sens sur lequel sa raison aurait achoppé. Mais ce n'est pas de la folie. Elle vient tout simplement de découvrir des aspects de la vie qu'elle ne faisait jusque-là que soupçonner. Et elle réagit comme la plupart : avec stupeur. Elle n'a pas eu le temps d'apprendre le cynisme.

Oubliant le crachin, fin et fumeux comme une haleine hivernale, elle se laisse tomber sur un banc. Tout au bout, afin de ne pas occuper une place excessive. Dans ce quartier de riches, on n'a certainement pas les mêmes droits qu'ailleurs. Boulevard Rochechouart, par exemple, où chaque vagabond peut s'installer en solitaire sur son propre banc, entouré de ses biens et de son clébard. Ménagère consciencieuse, elle ouvre son sac, cherche de quoi écrire. Elle n'a pas de joli calepin, comme sa mère. Sa vie est si banale qu'il serait prétentieux de vouloir la coucher sur un agenda. Un bout de crayon et une vieille enveloppe feront l'affaire. La voilà, cette enveloppe : elle dissimulait à peine le pistolet. Le sombre éclat de l'arme la surprend. Elle a la sensation que, même enfouie au fond du sac, tout le monde peut la voir. Saisie d'angoisse, elle regarde autour d'elle. Ni flics ni curieux. La ville est déserte, vidée par la hâte des passants... Comment a-t-elle pu oublier un instant que cette arme était là ? C'est sa main qui l'y a mise. Sa propre main, pas une autre. La vue d'une putain rousse harnachée d'émeraudes aurait-elle suffi à détourner son esprit de l'essentiel ?

Le souffle court, elle referme le sac. Son cœur bat la chamade. On croirait qu'il veut s'échapper de sa poitrine. Sale viscère. Elle comprend mal pourquoi il s'affole de cette façon. Sa décision est prise. Et lui, son cœur, était d'accord. Qu'a-t-il donc à trembler comme un chiot, ce cœur pusillanime ? Elle pousse un long soupir, allume une cigarette, se tranquillise. Doucement ses tempes se réchauffent, ses mains aussi. Sa nuque perd de sa rigidité. Elle peut à nouveau porter sa tête en arrière, regarder les toits ruisselants, le ciel gris et chargé. Pas un pigeon dans les parages. Pas un moineau. Pas un chat. Là-haut la solitude règne. Comme ici-bas.

Revenons au travail. Elle serre les dents pour mieux se concentrer sur ses calculs. Douze fois sept mille francs, plus les deux paies supplémentaires que lui accorde Monsieur Paul à Noël et en juillet, ça fait quatre-vingt-dix-huit mille francs par an. Disons cent mille en y additionnant les cadeaux que le vieux fait à Julien, et ces quelques francs qu'elle oublie parfois de lui rendre après les courses. Bref, pour toucher un petit million de francs, il lui faut trimer exactement dix ans. Dix années de boulot. De combien aurait-elle besoin pour réunir les douze millions ? De cent vingt ans. Cent vingt ans de ménages pour pouvoir se payer un collier d'émeraudes rue de la Paix. Trois fois ce qu'on appelle *une vie active*. Elle devrait donc naître trois fois, bosser trois vies durant, vivre de l'air du temps, aller pieds nus et s'habiller chez Emmaüs, pour avoir enfin les moyens de passer la porte blindée d'une bijouterie et de dire au type : « Je voudrais voir des émeraudes. Oui, monsieur, un collier. Quelque chose de très modeste, qui ne dépasse pas les douze millions. »

Elle déraille ou quoi ? Trop simple comme calcul. Même en ayant la chance de travailler sans arrêt pendant trois réincarnations successives (ce qui n'est pas assuré d'avance, vu le taux de chômage), il convient aussi de penser à l'inflation, compter avec elle. Cent vingt ans, c'est long. Un siècle et des poussières. En un siècle, l'argent perd la moitié de sa valeur, si ce n'est davantage. Elle ne se retrouverait ainsi qu'à mi-chemin de la possibilité d'achat du collier d'émeraudes. En retard d'au moins un siècle. Ce qui reviendrait à devoir doubler la mise côté boulot aussi bien que côté réincarnations. Un bagne interminable. Presque éternel. Une galère, comme dirait Julien. Elle met un terme à ses calculs, range le crayon et l'enveloppe. Elle se sent accablée. N'a même plus la force d'allumer une cigarette. Ni de bouger. Elle a le sentiment (bizarre) qu'il n'existe en ce bas monde d'autre place pour elle que l'extrême bord de ce banc. Y resterait-elle éternellement, rangée comme une poubelle, que personne ne la remarquerait. Ni flic ni même éboueur. Nul ne ferait à l'évidence le rapprochement entre cette triste femme échouée en zone noble et la somme fabuleuse de douze millions de francs. Nul ne se dirait : les charmes d'une poule de luxe rousse valent dix ou quinze fois plus que toute la vie laborieuse d'une femme quelconque. Et ça, c'est trop !

Elle se lève d'un bond. Repart. Que va-t-elle devenir, sacré Bon Dieu ? Qu'est-ce que la vie va faire d'elle ? Une damnée ? Une terroriste ? Quand il ne reste d'autre raison de vivre que la vengeance, ne serait-il pas plus sage de se laisser sombrer dans la folie ? Ou, mieux encore, de se

134

donner la mort ? La folie et la mort impliquent l'oubli. Et quel repos que l'oubli ! Transformée en loque humaine ou en tas d'os sous terre, le besoin maladif de punir le monde n'est plus à l'ordre du jour. On vomit son désespoir à l'asile d'aliénés. Ou en enfer. Cela au moins vous épargne de regarder les autres comme si la peau de chacun abritait un criminel impuni. Ou comme si tous sans exception avaient tiré sur la jeune négritude de son fils, Julien le mort. Elle est lasse de souffrir, se dit-elle d'une voix éteinte. Lasse de haïr. Elle tourne en rond comme une toupie place Vendôme. Une vieille toupie déréglée, à en juger par son regard hagard, son imperméable élimé, son sac en faux cuir et ses chaussures de chez André. Fous le camp d'ici, ma vieille. Tu n'es pas chez toi.

Elle marche à nouveau sous le crachin. Ou elle flâne. Elle ne sait pas très bien ce qu'elle fait. Parfois, elle s'engage à toute allure dans une rue comme si elle allait prendre un bus en marche, puis elle s'arrête brusquement et se met à traînailler devant les alléchantes boutiques du faubourg Saint-Honoré. Luxe et bon goût font bon ménage, elle en est d'accord. Un couple parfait, nés l'un pour l'autre, comme dirait sa mère. Foulards et sacs à main, flacons de parfum et boîtes de chocolats marient leur qualité. C'est joli à pleurer. Et à faire peur. Des griffes prestigieuses que maman connaît par cœur, même si elle ne les a jamais portées. N'empêche. Elle les récite sans trébucher, comme à l'école la succession des rois de France. Quelle idée saugrenue, de se mettre soudain à penser aux rois de France ! Là, sous le crachin, dans la glissante saleté qui enduit peu à peu les trottoirs, ces souvenirs d'enfance ne riment plus à rien. L'Histoire, fût-elle glorieuse, ne tient pas le coup quand il fait gris. La grisaille parisienne est l'ennemie numéro un de la Grandeur, elle y adhère comme une couche de boue, ternit cette splendeur laborieusement entretenue siècle après siècle. Paris devient un cloaque. Rue Royale et rue de Rivoli, les semelles des passants pataugent dans la saleté ambiante et en éclaboussent sans vergogne les vieilles mosaïques affichant les noms d'hôtels célèbres ou de salons de thé. Cette crasse coriace et mobile souille tout, au point de ne pas même épargner le carré sacré où s'élève la statue de sainte Jeanne. Certes, elle n'atteint pas pour l'heure les glorieuses dorures de la Pucelle, mais elle la rend déjà commune et vulnérable. Pollution et mauvais temps aidant, la frêle incarnation de l'orgueil national risque bientôt de ressembler à son homologue géante en fer forgé adossée à un mur délabré de la rue de la Chapelle : livrée aux intempéries, aux graffiti et autres avanies d'un environnement tiers-mondisé, l'énorme bergère en cotte de mailles dépérit lentement, elle se néglige, pour ainsi dire, oubliant jusqu'à la dignité de son rôle. Mais ce n'est pas sa faute, à la pauvre Jeanne. Le tiers monde et ses cohortes s'attaquent à tout, détériorent les plus fermes symboles, dévalorisent les valeurs les plus sûres, les mieux établies. La gigantesque sainte

Jeanne de la rue de la Chapelle, conchiée par les pigeons, et la petite Pucelle de la place des Pyramides, toujours tirée à quatre épingles, ne semblent pas appartenir à la même famille. L'une est sale et verdâtre, l'autre est propre et étincelante comme les grilles du Palais de justice. Normal. Dans cette partie de Paris à proximité des Tuileries, on ne voit pas pulluler les négrillons, les Beurs aux baskets sales et aux blousons volés, irrespectueux, iconoclastes et graffiteurs. « Comme seuls peuvent l'être les sauvages ! » disait maman. Propos hautement humanitaires, charitables et justes, inspirés par la vie de tous les jours, non par les journaux qu'on lit ou par les gens qu'on fréquente, comme ce que lui répondait sa fille. Celle-ci, en gamine vaguement contestataire, s'entêtait à l'époque à ne pas voir la réalité. « Et la réalité finit par sauter aux yeux, quand ce n'est pas à la gorge ! » La future femme quelconque haussait les épaules et tournait le dos. Elle lâchait :

— Fiche-moi la paix avec tes jugements et tes manifs, je n'ai pas envie de devenir aussi réac que toi ! Non, mais regarde-toi dans une glace ! Ce n'est plus une femme, on dirait une image pieuse égarée dans une boîte à maquillage !

Elle ne lui avait jamais pardonné la mort de son père, bien que celui-ci se fût surtout éteint de fatigue et d'échec, comme la plupart des gens. Mort naturelle. Sa mère n'en était pas spécialement responsable. Il y avait certes ces remarques xénophobes qu'elle lui décochait à propos de ses copains chinois ou maghrébins, ainsi que ses discours de perroquet sur la dérive raciale de pauvre France. Mais le vieux ne lui en voulait pas. Ça ne l'empêchait pas de lire *L'Équipe*, ronchonneur et peinard, calé dans son fauteuil, les pieds au chaud dans ses vieilles charentaises, tout au long de ces interminables après-midi de pré-retraite. Il prenait de l'âge et du poids, bougeait à peine. Sa rondeur grassouillette s'accommodait de l'immobilité, préfiguration de la mort. Elle, sa fille, le voyait souvent assis comme dans un cercueil. Plongé comme dans un coma volontaire. Une sorte de décès paisible, non violent. De son côté, maman, une fois préparé les endives au jambon qu'elle mettrait au four dès son retour, partait toute guillerette, sur le coup de cinq heures, rejoindre ses copines au café de la Paix, qu'elle adorait. Là, elle les entretenait volontiers de son brillant passé de bonne bourgeoise à La Rochelle. Ou alors elles dressaient ensemble l'état de plus en plus catastrophique de *cette pauvre France* ; d'ici peu, elle n'aurait d'ailleurs plus de France que le nom : « Vide de Français, ma chère. Comme ces portefeuilles que les pickpockets jettent dans une poubelle après s'être servis. Un véritable scandale !... »

La femme à l'imperméable élimé connaît bien cet endroit, en amont et en aval de la rue de Rivoli. Elle y est venue à maintes reprises accompagner maman. Oui, une ou deux fois, poussée par la curiosité, pour voir comment ça se passait, une manif. Mais, le plus souvent, pour couper court aux reproches de sa mère, l'empêcher de se retourner contre papa qu'elle accusait de mal élever sa fille, « de faire de cette gamine *la honte du pays* ». Comme elle se voyait mal dans la peau d'un personnage aussi important que négatif, la « sale gamine » enfilait son manteau et disait : « Calme-toi, maman. Je veux bien t'accompagner à ta manif. Passe-moi un badge. » Elle épinglait l'insigne à son revers.

Une heure plus tard, elle se retrouvait immergée dans une foule comme elle n'en avait jamais vu auparavant. Elle mettait très rarement les pieds dans ce genre de *cirque*, comme disait papa. Cette masse anonyme évoquait de fait une concentration de clowns attifés d'écharpes, de cocardes, de banderoles et d'autocollants, le tout en tricolore. Certains de ces atours réclamaient la France aux Français ou la leur promettaient pour demain. Maman s'en montrait ravie. Contempler cette lueur de bonheur sur son visage valait son pesant d'or, se disait la gamine. Et le déplacement, bien sûr. Ça agissait sur elle comme une crème de bonne qualité, en profondeur. Sa peau se tendait, ses rides s'effaçaient, ses yeux brillaient, ses joues, ses lèvres se gonflaient, elles se départissaient de leur minceur et de leur pli quotidien d'amertume. Habillée en petite dame Chanel au rabais, excitée comme une puce, maman exhalait les émois du premier amour. A son âge ! C'était cocasse à voir. Cocasse et même beau. La main maternelle étreignait la sienne. Presque avec tendresse. Et la gamine sentait qu'elle aurait pu rester près d'elle des heures, des jours durant, à battre le pavé

parisien autour du chapiteau d'une France irrévo-
cablement française. C'était le seul moyen de
recevoir à travers la paume de sa main un fluide
d'amour devenu si rare.

Aujourd'hui, la femme quelconque se dit : « Mon
fils aussi était français. » Son fils noir. Son fils
assassiné. Français comme son propre père, comme
sa propre mère, comme elle-même. Mais, en dépit
de sa nationalité française, aux yeux d'autrui, la
couleur de son fils était loin d'être française.
Quelle que soit son origine, le sang coule dans les
veines à l'abri des regards. On ne le voit que
quand il est versé. En revanche, la couleur de la
peau, elle, on la voit à l'œil nu. Son fils était noir
et il est mort pour cette raison, mais à qui devrait-
elle s'en prendre ? A Dieu ? A la nature ? A
l'homme ? Au monde entier ? A tous ensemble, y
compris à elle-même ?

Elle pousse un soupir. Pas un soupir de soulagement, car rien ne saurait la soulager ; non, un
soupir de détresse. La compréhension des choses
lui échappe. Serait-elle, à son insu, responsable de
la mort de son fils au même titre que le sont les
autres ? La haine aussi rend coupable. Peu importe
qu'il s'agisse d'une haine juste ou légitime ; du
moment qu'elle est de la partie, elle sème la
culpabilité partout. La haine n'épargne personne,
à commencer par ceux dont le droit le plus
profond est de haïr. C'est son cas.

Elle contemple une nouvelle fois la statue de la
sainte. Ses dorures ternissent. Sale temps pour les
symboles... Pour être honnête, il lui faut recon-

naître qu'elle a *personnellement* battu le pavé autour de ce piédestal. A plusieurs reprises. Certes, elle ne croyait pas un traître mot de ce qu'on y hurlait. N'empêche qu'elle se trouvait là, accompagnant sa mère. Un devoir familial. Comme les funérailles du grand-père et la visite obligatoire à cette hideuse vieille tante malade, là-bas, à La Rochelle, l'été de ses huit ans. Les manifs appartenaient à ce genre de corvées. Maman disait : « Tu viens avec moi. Personne ne te demande d'y mettre du cœur, moi pas plus que les autres, mais tu feras nombre. On rencontre des tas de gens. Des gens très-très bien. Ça te changera, pour une fois, des copains de ton père, de tes copines à toi, beaucoup moins présentables que mes amis. Au surplus, ça te fera une sortie. L'air de Paris est bon. Pas question de laisser les étrangers en jouir seuls, le coloniser. Il faut rendre aux *Parisiens français* leur Ville lumière. Nous allons la reconquérir ! » Papa s'esclaffait... Ça dura ainsi quelques années. Puis, devenue jeune fille, elle commença à fréquenter les soirées africaines, martiniquaises. Elle les préférait grandement aux marches maternelles et patriotiques sur les hauts lieux de la grandeur perdue. Des soirées à vingt francs l'entrée, boisson comprise. C'est un samedi soir, dans une vieille salle de cinéma transformée en kermesse de fortune, qu'elle rencontra Badara, Badou pour les intimes. Des intimes aussi noirs et clandestins que lui... A compter de cette date, elle adora les samedis. Ça n'appartient pas aux patrons ni aux parents, comme les autres jours de la semaine. Ça n'appartient pas au Bon Dieu, comme le dimanche. Ça *nous* appartient. Une journée entière de liberté pour se sentir soi-même, se vivre soi-même. Peu après, une autre nuit de samedi, elle goûta pour la première fois la *peau noire veloutée* de son Badou. Elle pouvait enfin mettre une sensation physique sur cette expression vieille comme le monde. Et elle cessa de faire nombre dans les manifs. Du jour au lendemain. Elle lança à sa mère : « Vas-y seule. Je n'ai plus ma place dans ton cirque. Je couche avec un Noir. » Sous l'épais maquillage bon marché, maman prit un sacré coup de pâleur. Jamais elle n'aurait pu imaginer un choc capable de la faire pâlir. Mais ce choc existait, elle venait de l'éprouver. C'était terrible à voir. Maman en avait eu le souffle coupé. Et le sifflet avec. Un véritable exploit. Sous sa soudaine blancheur appa- raissait en filigrane le sale cadavre que chacun porte au-dedans de soi-même. Ce jour-là, elle repensa à la mort de papa. Et se sentit fière. Fière de son courage et fière de son mensonge car, pour l'instant, elle n'avait pas couché avec Badou. Certes, l'éventualité lui avait effleuré l'esprit comme un souffle d'air qui vous donne des frissons ; mais, à ce jour, leurs relations s'étaient limitées à deux soirées dansantes, joue contre joue, et à un vague rendez-vous pour le dimanche suivant. Oui, au Balto, métro Château-Rouge. Badara serait là entre trois et cinq heures. Comme chaque dimanche.

La femme quelconque marche toujours. Elle va au petit bonheur, comme un automate à la dérive. Le crachin s'épaissit et s'alourdit, glacé comme une pluie d'hiver. Elle frémit. Son imperméable à bon marché tient mal le coup, ses chaussures et ses bas sont trempés, ses mollets maculés de boue. Seul son pistolet reste à l'abri des intempéries, bien caché dans son sac. Elle a peur d'y penser, peur de nouer le dialogue avec cet objet dépourvu d'âme. Un objet tueur, sans autre but que de servir la mort. Or la mort est son ennemie. Jurée, déclarée. Elle refuse d'échanger le moindre mot avec elle. La mort a emporté Julien. Mais ça ne lui suffit pas. Elle fera l'impossible pour souiller sa propre vie. La femme quelconque le sait. Alors, pas d'explications avec cette sale garce. Pas d'ater-moiements. Qu'elle fasse son boulot, puisqu'elle y tient. Mais qu'elle s'y prenne seule. Sans conni-vences ni complicités. Même si le destin l'oblige à lui prêter main forte. Destin, malchance, mal-donne, peu importe : la fatalité peut se donner les noms qui lui conviennent le mieux. C'est son affaire. Elle s'en contrefout. Elle n'a pas choisi la fatalité. On a choisi pour elle. Qui ça, on ? Fantômas ? Le diable ? Non ! La Justice en per-sonne ! Serait-elle donc forcée de la nommer, de montrer du doigt la grande coupable ? Elle n'a pas à justifier ce qu'elle va faire. Rien à justifier. Elle est une victime. *La* victime. Et les victimes subissent. Les victimes n'ont pas de comptes à rendre. Il ne manquerait plus que ça : rendre des comptes ! A qui ? Et pourquoi ? Dans le contrat passé avec la vie, était-il par hasard stipulé qu'elle deviendrait victime de la barbarie si elle venait à mettre au monde un enfant noir ? Non. Son

engagement de femme consistait à avoir un fils.
Un fils issu de sa propre chair. Et elle l'a respecté,
cet engagement. Elle l'a eu, ce fils dû à la vie. Un
bel enfant. De ceux qui justifient une existence.
La seule chose qu'on ne pouvait pas dire en
voyant son enfant, c'était justement cela : la vie
ne sert à rien. La présence de Julien invalidait
cette phrase, elle suffisait à conférer son vrai sens
au passage en ce monde. Mais ça a mal tourné,
car le monde, c'est aussi les autres. Et les autres
ne regardaient pas ce miracle comme elle le
considérait elle-même. Les autres le regardaient
d'un œil torve, méchant. Comme on reluque un
machin contre nature. Oui, un truc. Pas un acte
maladroit, irréfléchi, une agression, un viol. Non.
Un truc. Qui ne mérite même pas discussion. Qui
n'appelle pas de débat. Le juge a su traduire en
une sentence lapidaire l'état d'esprit général :
« Circonstances atténuantes, vu l'environnement
social de l'inculpé et le comportement de la
victime. » Si la mort se permet ainsi de se justifier,
de se légitimer, pourquoi une mère consentirait-
elle à lui parler, à tenter de la comprendre ? Elle
s'y refuse. Pas question de désarmer devant elle.
Ni de flancher. Le pistolet fera son travail. Il
remplira sa mission jusqu'au bout. Sa mission de
justice. Mais elle, mère d'une victime, ne lui
permettra pas de jouer les bons offices vis-à-vis de
la mort. Inutile que celle-ci fasse la belle en sa
présence : Je suis la Sainte Mort, la Mort sacrée...
Non, ce cirque-là, qu'elle aille le faire ailleurs. A
la guerre. A l'église. Cette mère va tuer, d'accord.

Mais elle ne servira pas de chantre ni de thurifé-
raire à la mort. Elle n'est pas non plus sa
commanditaire. La mort est la mort. Elle est elle.

Maintenant, ses pas s'obstinent à la conduire
sur les lieux du passé. On dirait qu'ils avancent
seuls, ses pas.

C'est ici qu'elle a rencontré Badara. Mais la
vieille salle des fêtes du quartier n'existe plus. On
a fait des travaux. On a gardé le frontispice et ses
guirlandes en stuc, le reste est devenu une immense
solderie. Un souk. Théières marocaines, rouleaux
de papier hygiénique en paquets de douze, dits
familiaux, vaisselle chinoise, jeans, baskets... Tout
se vend à bas prix. Un bas prix sans doute encore
trop élevé si l'on tient compte de la qualité. Les
vendeurs sont de jeunes Beurs. Ou peut-être des
Juifs. Elle ne fait toujours pas la différence et s'en
veut. Elle sait que cette fâcheuse propension à
mettre tout le monde dans le même sac lui vient
de sa mère. Enfin, tout le monde... L'ensemble
de gens dont l'allure et le faciès ne correspondent
pas à ceux qu'on imagine à un Français de souche.
A l'hôpital, il lui arrive la même chose : elle ne
peut jamais dire qui, parmi les aides-soignants, est
martiniquais ou guadeloupéen. En revanche, la
fréquentation de Badara et de ses copains lui avait
vite appris à distinguer entre un Sénégalais et un
Gabonais. Elle est même devenue une véritable
experte. Peu importe que la mairie les déguise en
balayeurs municipaux avec casquette, combinaison

et balai sur mesure pour mieux soigner le *look* de
la capitale, il lui suffit d'un regard pour deviner
illico d'où ils débarquent. Souvent, elle devine
aussi leur ethnie.

Ce bal, elle s'y était rendue pour la première
fois un dimanche après-midi, dix-sept ans auparavant, en compagnie d'une amie. « Pute comme
une poule faisane », disait maman. Mais elle n'était
pas plus pute qu'une autre, Denise. Elle aimait
seulement se payer du bon temps.

Pour elle, ce *bon temps* se réduisait à la fréquentation des hommes. Si possible nombreux. Et au
lit. Elle affirmait qu'un bon lit dévoile les qualités
et les défauts des hommes mieux qu'une carto-
mancienne. Et que ça revient finalement moins
cher. Passer devant le maire ne pouvait s'envisager
qu'après une longue expérience de nuits chaudes.
Et encore ! « L'amour c'est pour la nuit, le mariage
pour la vie. Mettons qu'on se trompe, ce qui n'est
en somme que la règle générale. Une nuit passe
vite. Tandis que toute une vie... Ça risque de
devenir interminable ! Non, merci. Pour ce qui me
concerne, monsieur le maire attendra ! » Elles
s'étaient rencontrées dans un grand magasin, au
rayon jouets, toutes deux vendeuses temporaires
à Noël. Le temporaire, elles en connaissaient un
bout : elles l'avaient fréquenté trois ans de suite,
d'agence en agence, d'intérim en petit boulot. Ça
payait bien, en tout cas pas pire qu'une place
stable, et ça vous permettait de vivre comme en
vacances, en changeant souvent d'activité et de
patron. Salutaire, de ne pas voir chaque jour les

mêmes gueules, pareille aigreur de vivre, pareil manque d'espoir. Il suffit de rester peu de temps avec les gens, ou qu'ils sachent qu'on n'est que de passage, comme des oiseaux migrateurs, pour qu'ils gardent leurs soucis pour eux. « Leur merde », précisait Denise. Ça vous évite d'être choisi comme déverse-douleur. Ou comme poubelle à problèmes. Un échange circonstanciel de numéro de téléphone, et c'est tout. Ce numéro, on l'enfouit ensuite au fond de son sac comme au fond de l'oubli.

Maman détestait le temporaire. Elle répétait jour et nuit que l'*instabilité laborieuse* contribue à ramollir le caractère, à vous désengager, à vous rendre irresponsable. Ah, l'irresponsabilité : une véritable *source de décadence* ! Et elle en faisait toute une harangue. Elle raffolait de ce genre d'expressions. Un langage combatif piqué Dieu sait où, à Dieu sait qui. Certainement au cours des réunions avec ses amis, prosélytes d'une France française et responsable. Cette ardeur patriotique ne l'empêchait cependant nullement de s'inquiéter pour les cotisations sociales de sa fille. Ses employeurs provisoires les réglaient-ils, au moins ? Mais oui, ils les réglaient ; c'était bien précisé sur ses fiches de paie. « Alors ça va. Si par malheur tu tombes malade, tu pourras toujours aller à l'hôpital. Je n'ai pas les moyens de payer ta fainéantise. Imagine, avec une maladie par-dessus le marché ! » Ah, la garce... Pour une mère, c'en était une. Denise affirmait qu'il aurait fallu lui clouer le bec avec une réponse bien sentie. Une réponse appro-

priée de fille à mère, du genre : « La ferme ! »
Mais jamais elle n'aurait osé s'adresser à sa mère
sur ce ton-là. Si emmerdeuse qu'elle soit, une
mère demeure une mère. Cela doit avoir rapport
à la consanguinité, aux gènes. Elle le savait par
Julien. Celui-ci ne bronchait pas non plus quand
elle ronchonnait ; il avait beau la dépasser d'une
tête depuis l'âge de douze ans, il se taisait, secouait
les épaules et lui tournait le dos. « Oui, j'ai raison,
monsieur ! » hurlait-elle à l'adresse de sa nuque.
Peine perdue. Monsieur dévalait l'escalier quatre
à quatre, en route pour le terrain de sport. Les
parents passeront toujours leur temps à hurler, les
enfants à faire la sourde oreille. C'est une des lois
de la vie.

Denise aimait les Noirs, les basanés. Mais ce
n'était pas une préférence aveugle. Elle l'admettait
volontiers, les mecs *hauts en couleur* se montraient
souvent plus dégueulasses avec les filles que les
petits-bourgeois de bonne souche à peau blanche.
Mais cette constatation n'avait jamais chez elle de
connotations louches. Du moins elle le jurait. Pour
ce qui était des hommes, ses attirances et ses
phobies étaient uniquement dictées par la nature.
Par rien d'autre. Raciste envers sa propre race, la
petite Denise ? « Raciste mon cul ! » s'écriait-elle.
Elle ne trempait pas dans ces eaux-là. « C'est
bêtement physique : plus c'est foncé, plus j'aime.
Au lit, ces mecs-là dégagent une vague de chaleur
qui te transporte au cœur même de l'Afrique. La
jungle ou le désert, au choix. Et ils ne te balancent
pas des cochonneries, comme les Blancs. Ça

148

ronronne ou ça grogne. C'est animal. Donc naturel. Le culturel est une réalité qui compte, ma
vieille, tu l'as pas entendu dire à la télé ? En plus,
tu te sens plaire. Pas parce que tu es Mademoiselle
Unetelle, la reine du bal. Non. Tu leur plais parce
que tu es une femelle. Et ça, ma grande, ça
compte plus que tout, je sais de quoi je parle. Et
puis c'est confortable : ces mecs ne te proposent
jamais le mariage, c'est tout juste si quelques
malins y songent à cause des papiers. Non, pour
eux, le mariage, c'est réservé au pays. Je veux
dire à leurs femmes, négresses ou mauresques,
c'est kif-kif. Elles se savent esclaves pour la vie
d'un homme et de sa progéniture. Moi, ça ne me
dérange pas. Au contraire, ça m'arrange. Je suis
une fille libérée. Je ne veux pas entendre parler
mariage à chaque partie de jambes en l'air, sinon
l'amour cesse illico d'être un plaisir pour devenir
une sorte de calvaire. Oui, *un calvaire* ! Je l'ai lu
dans un bouquin. Le bouquin d'une Américaine,
donc fiable. D'après elle, nous autres femmes, on
a les mêmes droits que les hommes à gérer
comme bon nous semble nos corps et nos désirs.
Pas bête, n'est-ce pas ? »

— Et les enfants, alors ?

Denise ricanait.

— Mais on a tout juste dix-sept ans ! Tu as à
peine cessé de téter ta mère et tu voudrais déjà
avoir des enfants ! Tu dérailles, ma parole ! Je vais
te dire une chose, moi : le jour où je voudrai avoir
un enfant, je ne laisserai pas un mec ou un hasard
quelconque décider à ma place. Je choisirai moi-

même et celui qui devra être son père et le moment de passer commande. Le bonheur, on le planifie, ma petite. La maternité aussi. Aujourd'hui, une femme libérée dispose de toutes les armes pour s'y prendre avec succès. Pour la première fois dans l'Histoire — l'Histoire avec une majuscule ! — la chance se trouve de notre côté. C'est le livre qui le dit. Tu veux le lire ?

Non, elle ne voulait pas. Elle n'était pas fille à bouquiner. Elle se méfiait des lectures. Parfaitement, comme de la peste. Elle se rappelait son père, avant sa triste mort, le nez collé à son journal sportif. Jamais le pauvre vieux n'en mettait en doute les pronostics, ç'aurait été sacrilège. Alors, il pariait. Oui, le tiercé. Des sommes respectables. Perpétuellement convaincu qu'il allait un jour toucher le gros lot. Il rêvait d'un coquet pavillon en banlieue, avec jardin, à proximité du RER. Il en décrivait par le menu l'architecture, les proportions. Et jusqu'à la couleur des tuiles. Puis, le soir venu, le résultat des courses se révélait catastrophique. Et c'était la déprime. Il déchirait le journal avec dépit. Pas avec colère. Son caractère bonnasse le lui interdisait. Mais il recommençait le lendemain, et ça se prolongea année après année, jusqu'à l'arrêt du cœur qui mit un point final à ses paris. S'il n'avait pas lu assidûment ce journal aux alouettes, peut-être serait-il encore en vie ? Denise rétorquait que les pépins de cœur, c'était la faute à l'alcool, au tabac, aux mariages foireux, aux fins de mois incertaines et à la vie à crédit. Pas à la lecture. « Tu parles comme une

150

mémère ! On dirait que tu débarques de la
cambrousse. On est à Paris, ma vieille ! » Elle
souriait en secouant les épaules, mais n'en démor-
dait pas : la lecture, c'était pour les rêveurs ou les
contestataires, pas pour les gens normaux.

Avait-elle raison, la chère Denise ? Faut-il fusti-
ger le monde, chaque jour que Dieu fait, le
prendre à rebrousse-poil afin qu'il ne vous écrase
pas, qu'il vous fiche la paix ? En profiter d'abord,
puis s'en accommoder pour mieux l'amadouer ?
Ou bien l'avaler avec un zeste d'hypocrisie pour
mieux le tolérer, l'assimiler ?... N'était-ce pas plutôt
que les transgressions de la petite Denise se
conformaient aux règles, tandis que sa transgres-
sion à elle les avait heurtées de front ? Comment
savoir... Reste qu'aujourd'hui Denise s'est finalement rangée du bon côté, malgré toutes ses
proclamations et ses révoltes. C'est une femme
heureuse, comblée. Épouse d'un étranger, mère
d'une jolie métisse, elle se sent malgré tout
respectée. Raccommodée à la va-vite, sa petite vie
s'insère dans la vie commune, s'y mêle, s'y
confond. Elle a pour ainsi dire pignon sur rue.
Une femme en règle, bien comme il faut.

Elle, par contre, est une loque. Une loque de
corps et d'âme. Une loque intégrale. Elle ressemble à ces clochardes en haillons, aux yeux
hagards, flottant comme des épaves sur la mer
morte de la ville. Elle en veut au monde entier.
Elle en veut à la vie et à la mort, au ciel et à la
terre. Elle est soûle de fiel. Elle vit les dents
serrées. Sa bouche est close sur l'agonie de son

cœur et nul cri de délivrance ne pourra plus jamais forcer la digue de ses lèvres. Son visage est un mausolée, elle l'arbore et le promène comme un signe honteux en pleine épidémie. Pestiférée. Pendant ce temps, Denise prépare avec insouciance la jeunesse de sa fillette. Une fille moitié-moitié, comme l'était son Julien, mais que les mains assassines ont épargnée. Cette fille s'appelle Cécile. Cécile aux yeux bridés.

L'image de la petite Cécile évoque soudain pour elle ce jour d'été où Denise était passée lui rendre visite chez Monsieur Paul. Julien venait d'avoir un an. Il marchait à quatre pattes dans le salon, tout nu, l'air d'un chiot sur la moquette crème. Denise l'a cajolé, demandant au passage des nouvelles de son père l'expulsé. (Pas de nouvelles ; la clandestinité serait toujours son lot.) Puis, sans transition, elle s'est mise à parler de son prochain mariage avec Chang, dit Charles pour la forme, l'un des nombreux parents de René Fung, arrivé en France de fraîche date. « Et ça, Dieu seul sait comment ! Peut-être à la nage. La filière asiatique se porte toujours bien, merci ! » « Un goutte-à-goutte sournois branché sur les couilles de ce pays ! » avait renchéri Monsieur Paul en ricanant. Maquillée telle une poupée de foire et boudinée, comme à son habitude, dans un jean délavé, Denise arborait ce jour-là une poitrine extravagante pour sa petite personne. Ce débordement de nichons artificiels avait l'air de gêner Monsieur Paul. C'était plutôt bizarre, chez un ancien baroudeur, mais ça sautait aux yeux. « Eh ben, maugréa-t-il, calé dans son

Voltaire, ça n'est pas la tétée qui risque de manquer à votre sacré Chinois ! » Elle s'était mise à rire. « Allons, allons... On dirait que vous êtes jaloux ! » Le pauvre homme faisait une mine déconfite. Il ne savait où poser son regard. On aurait cru que, par inadvertance, il avait ouvert sa porte à une grosse pute. Une pute en congé, bien entendu, ou en période de recyclage... Sitôt Denise partie, le vieux monsieur avait lancé : « Celle-là, elle le fera cocu, son Chinois ! » « Ne dites pas ça, monsieur, Denise est une bonne fille. Ça l'amuse de jouer aux vamps. Mais, malgré tout ce qu'elle raconte, je suis sûre qu'elle en dit plus qu'elle n'en fait. — Elle n'en a pas l'air, en tout cas ! — Ah bon... Et peut-on savoir de quoi elle a l'air, selon vous ? — D'une tenancière de bistrot en bordure de route, recevant la nuit à tour de rôle camionneurs et paysans à l'insu de son mari. Ou peut-être avec son accord tacite. C'est du pareil au même. Une pute, je vous dis ! Vous devriez cesser de la fréquenter... ne serait-ce que pour votre petit ! — Soyez sans crainte, monsieur ! Elle ne remettra jamais plus les pieds dans cet appartement ! Ah, les hommes... » Une apparence trompeuse, un mariage mixte, et voilà que Monsieur Paul arrachait à son tour son masque de bonhomie pour se mettre à déblatérer comme sa mère. Le temps d'une visite impromptue, l'ordre éternel revenait au galop. Tout deux, vieux militaire sans gloire et bourgeoise frustrée, s'étaient certainement formés à la même école : celle de l'intolérance. Quel cirque, Seigneur ! Mais ça ne s'arrêtait

153

pas là. Non, non. Gavée de lieux communs (qu'elle baptisait *bon sens*), sa mère allait plus loin encore. Elle affirmait : « Cette Denise mettra au monde un monstre ! Oui, ma fille, une nouvelle bouche vorace qui se nourrira du pain des vrais Français ! » Elle venait d'apprendre son mariage avec le parent de René Fung. Sur sa lancée, elle avait ajouté : « Je suis curieuse de savoir ce que va donner un tel accouplement. Encore un Français contre nature. On les appelle des Eurasiens, ceux-là. Tu parles d'un euphémisme ! Chez nous, l'intégration commence par le plumard. Qu'on soit nègre, bougnoule ou chinetoque, on se tape une Française et hop ! la francisation est en route. Quel gâchis, ce pays ! »

Vue sous l'angle de maman, la France apparaissait comme un immense pot-pourri, un ramassis de mélanges douteux. Elle avait pourtant beaucoup changé depuis la guerre des Gaules, cette France inénarrable ; elle n'avait eu de cesse que d'être placée sous perfusion des sangs les plus divers. Volontairement ou par la force des choses. Comme tous les pays, d'ailleurs. On pouvait fouiller avec soin pour tenter de retrouver intacte la caverne ancestrale, la nuit des temps l'avait engloutie.

N'empêche, Denise est enfin une femme heureuse. Le mariage avec son Asiatique lui a apporté une stabilité qu'elle n'avait jamais connue auparavant, un certain goût pour l'épargne, et une fille qu'on qualifie d'adorable, de fleur exotique, de jeune Vénus orientale, bien qu'à l'image de son père et de sa mère, elle soit plutôt boulotte et courte sur ses pattes. On ne peut vraiment pas la présenter comme un spécimen de croisement réussi. En aucun cas. Pourtant, elle fait la fierté de ses parents et donne de la France multiraciale une image résolument *moderne*, voire américaine. Un pari gagné, cette fleur de lis mâtinée de lotus. On la cajole partout : à l'école, chez les amis et jusque dans la rue. On la voit drôle et tendre : une espèce maison de petit canard boiteux aux yeux bridés. Ailleurs, dans certains pays où la méchanceté s'exprime par sobriquets, on l'aurait surnommée la *nabote bigle*. Ici, non ; ici, on ne tire par sur ces spécimens-là. Bien au contraire, on en fait des joujoux. Ici, on tire uniquement sur les peaux basanées et sur les nègres. Son Julien en est la preuve. Et d'autres qu'elle ne veut pas nommer.

Elle a vu Denise pour la dernière fois le jour de l'enterrement de Julien. Elle est venue, accompagnée de son mari, de sa fille, de René Fung et du fils de ce dernier. Ils ont pris place au premier rang, près de l'autel. Comme de proches parents. Un acte de solidarité remarquable, que cette brochette de bridés assistant à la messe à l'intention d'un nègre abattu comme un lapin ! Remarquable et remarqué. « Ça se voit comme le nez au milieu de la figure ! » avait constaté sa mère. Et elle n'avait pas tort. Même s'ils l'avaient voulu (ce n'était pas le cas, Denise détestait la discrétion), ils auraient pu difficilement se fondre dans la masse. D'ailleurs, il n'y avait pas foule aux funérailles de son fils : seuls Monsieur Paul, maman, un couple de voisins, trois copains de Julien et un Martiniquais à lunettes dépêché à la hâte par SOS Racisme. Maintenant qu'elle y repense, elle se dit que la seule chose notable, ce matin-là à l'église, c'était bien l'absence d'amour. La mort d'un enfant mérite une multitude de pleurs. Celle de Julien n'avait eu droit qu'à quelques yeux secs. Y compris les siens.

L'idée de cette messe, elle venait de qui ? Elle ne s'en souvient plus. De sa mère, sans doute. Ou peut-être de Monsieur Paul. Ou encore de ce triste individu des pompes funèbres avec qui elle avait conclu un forfait global, « dans vos moyens, madame », pour l'ensemble des *honneurs posthumes*. Pas d'elle, en tout cas. Elle subissait. Y assista comme dans un mauvais rêve. Un cauchemar d'angoisse et de lassitude. La seule chose dont elle était consciente, c'était son refus de confier au Bon Dieu l'âme de son fils, comme le lui enjoignait la liturgie des morts. Le Bon Dieu ne l'avait pas gagnée, cette âme d'enfant noir. D'ailleurs, qu'est-ce qui prouvait qu'Il avait donné aux nègres la faculté d'avoir une âme ?

C'est vrai, après l'école, elle n'a jamais ouvert un livre. Elle s'en vante et le revendique. Un rejet parfaitement justifié. Les livres lus par Denise ne l'intéressent pas, ceux que lit sa mère lui répugnent. Il n'existe pas de livre capable de contenir son désarroi, de l'exprimer. De le transmettre. Elle ne fait pas une religion de la libération des femmes. Elle ne part pas en croisade contre les mélanges. Et pour cause ! Elle est quelconque. Se sent, se voit, se vit quelconque. Un bouquin qui parlerait d'une femme comme elle se verrait voué à l'inexistence. Quant aux autres, ces livres qui racontent l'aventure de vivre et le bonheur d'exister, ils ne la concernent pas. Elle vivait pour Julien, son existence en dépendait. Julien mort, sa vie n'a plus de sens. Elle n'existe plus.

Quasiment du jour au lendemain, sa mère s'était révélée une lectrice passionnée. Et pas uniquement de magazines. Elle, sa fille, n'y aurait jamais cru, car elle la savait prise par ses manifestations et rassemblements. Mais c'était un fait : maman lisait. Un virus galopant, une fièvre du troisième âge. Bien que insolite, ce penchant tardif ne lui semblait pas pour autant tout à fait innocent ; elle soupçonnait sa mère d'être programmée pour des lectures « orientées ».

Un soir — Julien venait de naître, elle-même se trouvait encore à la maternité —, maman s'était présentée, un bouquin sous le bras. Elle affichait son air farouche et guerrier de blonde artificielle, assez incongrue dans une salle d'hôpital où accouchées et nouveaux pères, personnel soignant et bébés étaient pour la plupart originaires du tiers monde. (Ou plutôt d'un monde encore moins avouable, plus clandestin : la lie des villes.) L'œil aigu de cette chère maman l'avait tout de suite remarqué. D'ailleurs, elle l'avait clamé à haute voix : « Ça pue le quart monde, ici. Tu aurais dû aller accoucher à La Rochelle. » Pour une fois, elle se serait pas mal moquée de souiller la terre de ses ancêtres avec le *faux pas* de sa fille. Dieu seul savait pourquoi : l'éloignement, peut-être. La distance. Ça lui aurait en tout cas évité d'affronter sur place une réalité qu'elle abhorrait : devenir irrémédiablement la *grand-mère biologique* d'un négrillon. Celui-ci, elle l'avait à peine regardé. Mais elle l'avait vu. Dans sa négritude intégrale. « Un vrai bout de charbon, avait-elle lancé. Pourtant, c'est ton fils. C'est à se demander à quoi ça sert d'être blanche ! — Maman, s'il te plaît, arrête... — Que veux-tu que je te dise, ma fille ? Félicitations ? Eh bien, non ! Quel dommage ! Oui, dommage que tu n'aies pas réussi à le fabriquer un peu moins noir, à le délayer un peu plus. Ça nous aurait permis d'enjoliver la chose, de le faire passer pour un marmot martiniquais adopté dans un élan du cœur. Les élans du cœur, tout le monde sait que c'est irrésistible ; ça vous prend au cours d'un voyage aux îles et ne vous lâche plus. Résultat : on rentre à la maison chargée comme une mule d'objets typiques. Et pourquoi pas d'un café au lait, pendant qu'on y est ? Impossible de trouver plus typique sur le marché. Mais avec celui-là... rien à faire ! Il porte l'Afrique sur la peau. L'Afrique profonde. Serait-il né avec un os lui transperçant les narines que je n'en aurais pas été autrement étonnée. Mon Dieu, se coucher française de souche et se réveiller grand-mère d'un Zoulou ! Ces déviations, tu les tiens de ton père, j'en suis sûre et certaine. Il rêvait d'une seule chose : s'accoutrer d'une djellaba ou

158

d'un boubou et ouvrir boutique à la Goutte-d'Or. Il disait qu'il adorait les quartiers vivants, remuants. Ce sont ses propres mots : *vivants, remuants*. C'est bien pour ça qu'il m'a installée en plein Belleville, après notre mariage. Se vautrer dans des odeurs et des bruits pareils ! Non, mais qu'est-ce que j'ai fait au Bon Dieu pour mériter une famille pareille ? Une punition... Tu ricanes, hein ? Imagine donc qu'on me demande un jour de présenter mon arbre généalogique... Comment je m'y prendrai, veux-tu me dire ? Désormais, mon arbre généalo-gique porte lui aussi son fruit pourri ! — Tu n'as qu'à nous effacer d'un coup de gomme, papa, moi et mon fils. Tu récupères ton nom de jeune fille, ni vu ni connu. Le sang de ton père était sans tache, à ce que tu prétends. Tout au plus une goutte de Rital par-ci, une goutte de Polonais par-là. Rien que de très banal... — Bon, ça va, couvre-le. Je l'ai déjà gravé dans la rétine à tout jamais. Mais je t'interdis formellement de lui apprendre à m'appeler Mammy !

— Entendu !

— Remarque, j'avais songé malgré tout à lui apporter de la layette, ce sont des choses qui se font. Mais je n'ai pas eu le courage d'entrer dans une boutique acheter une brassière pour un marmot de cette couleur. Pour les Blancs, garçons ou filles, c'est simple : du bleu ou du rose. Mais pour celui-ci... J'ai eu beau feuilleter un catalogue, je n'ai rien trouvé. Rien de vraiment convenable. Bon, il faudra que je m'y fasse. Tout compte fait, il n'est pas laid du tout. Je dirais même qu'il risque d'être beau, avec le temps. Et grand. Pour ça, il sera très grand. Tu vas l'appeler comment ?

— Julien, comme le père de papa.

— Je m'en serais doutée. Mais enfin, c'est ton droit. D'ailleurs, il n'y a pas de Julien dans ma famille à moi, personne ne fera donc le rapprochement. Ça t'irait, un hochet en argent ? Je pourrais t'en faire parvenir un, je crains de ne pas avoir le temps de repasser te voir... Mais j'ai pensé à toi. Une mère, ça pense quand même à sa fille. Plus qu'on ne croit. Je t'ai apporté un cadeau. Ce bouquin. C'est d'un étranger qui porte un drôle de nom. Mais c'est tellement sublime que le bonhomme mériterait bien d'être français. Je sais : tu n'as aucun penchant pour la lecture, pas besoin de me le répéter. Mais celui-ci va te plaire. Ça s'appelle *La Mé-ta-mor-pho-se*. Ça désigne une sorte de changement. Ou plutôt une mutation contre nature. Passionnant ! Ça parle de déchéance, de pourriture. Moi qui ai toujours été une lectrice attentive, tu me connais, je n'ai pas pu m'empêcher d'y voir comme un portrait *tout craché* de notre pays. On dirait qu'avec des années d'avance, ce type a dressé le portrait robot du monde d'aujourd'hui, en particulier de la France actuelle. Oui, ma fille, de ce que nous autres, nous appelons le *corps français*. Car il s'agit bien d'un corps. Un corps normalement constitué, comme le tien ou le mien... enfin, disons plutôt comme le tien... et qui, un beau matin, pour des raisons qui demeurent vagues, mais que chacun peut déduire de son propre cas et donc comprendre, est victime d'une

160

mutation sournoise, une mutation qui, petit à petit, le change en monstre, un monstre bien réel, une espèce de crabe ou de cafard dont la lente décomposition finit par consumer le peu d'esprit humain qui subsistait en lui. Une perte irréversible d'identité, sans doute provoquée par une accumulation de parasites, bactéries, microbes et virus greffés sur le corps originel et dont le travail de sape ne fait que précipiter l'*issue fatale* (autrement dit, la déchéance et la pourriture, comme je te l'ai expliqué précédemment). On ignore ce qu'on trouvera dans cette chambre close, une fois la porte enfoncée. Mais ce sera certainement l'horreur. Édifiant, n'est-ce pas ? Je n'ai pas pu m'empêcher d'y voir le symbole de notre pauvre France, attaquée, assiégée, minée depuis des décennies par l'inframonde bactérien, viral, microbien des immigrés, des clandestins et des réfugiés de tout poil. Enfin, moi je l'ai lu comme ça. Et je ne pense pas m'être livrée à un quelconque détournement d'intention ou de message. Ce n'est pas mon genre !

Sur cette tirade, maman était partie rejoindre ses copines, ses yeux brillant d'une flamme sacrée.

Elle-même avait toujours refusé de lire les bouquins de Denise, elle ne lirait pas davantage celui de sa mère. D'ailleurs, à quoi bon ? Le temps des loisirs était fini pour elle. Elle avait déjà ce qu'elle voulait : un poupon tout nu dans son berceau. Une fleur d'ébène. Un regard rond et éveillé qui la suivait partout. Un sourire perpétuel, rayonnant comme un ciel pur, prêt à l'accueillir à chaque fois qu'elle se pencherait sur lui. C'était son fils. Sa lecture, c'était lui. Sur ce petit corps si différent du sien, elle pourrait déchiffrer l'ensemble des mystères qu'on ne lui avait pas laissé le temps de lire sur le corps de Badara. La clandestinité de celui-ci, puis son absence avaient tôt achevé les quelques pages de leur histoire. Leur vie commune était un chapitre interrompu. Ou interdit. Quelque chose d'inachevé et de définitivement achevé. Elle était restée sur sa faim. Comme être humain et comme femme. Insatisfaite. Frustrée. Vide, alors qu'elle se sentait si près de la plénitude. Mais elle avait réussi à garder dans son ventre le sens ultime de leur union, le fruit de leur amour. Celui-ci, tout contesté qu'il fût, était d'abord un fruit vivant. Elle pouvait le nourrir vingt-quatre heures sur vingt-quatre, le soigner, le sentir. Le goûter. Justement, son palais avait changé du jour où elle avait savouré à pleine bouche la bouche de Badara, l'épaisseur de ses lèvres, sa salive. Ce jour-là, elle avait été prise d'une insatiable fringale d'amour. Cet appétit violent, elle pourrait dorénavant l'assouvir sur le corps de son enfant, si semblable à celui de son père qu'on eût cru que celui-ci s'était fait tout petit, tout minuscule afin qu'elle pût le garder à jamais près d'elle. Dans ce livre à peine entamé, déjà remuant, changeant, pressé comme le temps, elle allait enfin lire la différence : sa propre identité et celle de Badara, leur blanchitude et négritude confondues en un seul être, faites chair commune en Julien. Certes, on avait renvoyé le père à son

162

Afrique natale. Mais le fils restait là, avec elle. Sa patrie, c'était elle, son port et son terroir, son sol, son sang. A travers lui, un fil tendu reliait les deux terres d'origine, un pont d'espoir, de compré-hension, d'amour que d'autres traverseraient dans les deux sens. Contemplant son enfant, elle embrassait la vie dans sa totalité et, le prenant dans ses bras contre sa poitrine nourricière, elle se trouvait une nouvelle fois si proche de la plénitude qu'elle exultait. Collés l'un à l'autre, compénétrés, mère blanche et fils noir formaient comme une mappemonde. A eux deux ils étaient la planète dans toute sa rotondité. L'univers et ses signes.

Jamais passée revoir Julien, sa mère. Ni consenti à ce qu'elle lui amenât l'enfant chez elle. Quand l'envie lui venait de prendre de leurs nouvelles, une fois tous les trente-six du mois, elle utilisait le téléphone : un coup de fil rapide, bavard et expéditif, sous prétexte qu'elle se trouvait dans une cabine publique. Elle ne tenait pas à voir grandir un enfant qu'elle considérait comme sa honte grand-maternelle. Nul doute là-dessus. Facile à comprendre, mais dur à avaler. Ce rejet ne fit qu'exacerber son propre instinct de mère. Plus sa maternité était contestée, plus elle s'arc-boutait sur une conviction pleine et totale. La fin justifie les moyens, se disait-elle. Malgré l'immobilisme mor-bide de sa mère, elle, une fille quelconque, trouvait dans son anonymat et sa faiblesse le courage de

changer le monde. Ou tout au moins d'y contri-
buer. Dans son esprit, cet enfant noir, son fils,
était en même temps un grain de sable introduit
dans les rouages de l'intolérance et un grain de
sel déposé en offrande aux portes de l'espoir. Elle
balayait toute incertitude sur le résultat final d'un
tel accomplissement. Après eux deux, mère blanche
et fils noir, le monde serait meilleur. Plus ouvert.
Plus habitable. La preuve en était ce bon Monsieur
Paul. Réac comme un croisement de bonne sœur
et de notaire, bigot comme une dame d'œuvre,
le vieux fondait dès qu'il tenait Julien dans ses
bras. Ce gosse noir attendrissait son cœur de
combattant, ramollissait son âme bourrue, lui
faisait baisser sa garde. Le bonhomme inventait
pour le petit mille histoires plus loufoques les unes
que les autres. Des histoires dont les reflets
fantastiques passaient sur le visage épanoui de
l'enfant noir. A les voir ainsi liés par une commune
fantaisie, la femme de ménage oubliait les aigreurs
de sa mère, son manque d'amour, et jetait son
souvenir au fond d'un puits. Le puits de l'indifférence. Comme on jette une vieille lettre sans
importance. Le monde de sa mère était un monde
mort. Le sien vivait.

Un monde vivant auquel elle adhérait sans
réticences, éblouie par son enfant. « Ensorcelée »,
confiait-elle à Monsieur Paul. Celui-ci souriait,
acquiesçant du chef. « Ce petit démon est un
marabout né. Il nous a jeté un sort. Un sort
heureux, bien entendu. Vous devriez être fière.
Vous avez mis au monde un nouveau mage ! »

Elle riait, mère unique. Elle se voyait alors en patronne de fête foraine, installée dans un fauteuil de châtelaine à l'entrée de sa roulotte fuchsia, Madame la Mère du Magicien filtrant les clients du jeune prodige, hommes d'État et vedettes du show-biz, banquiers et potentats. Et une généreuse poignée de gens du bas peuple, entre midi et quatorze heures, question de partager équitablement la grâce du Fils. Fils unique comme elle-même était mère unique. Elle revenait du coup à ses rêveries d'antan. Comme tous les enfants du monde, elle avait été une petite fille rêveuse. Ses rêves, sa mère les avait tôt étouffés dans l'œuf. Mère assassine de rêves, faisant d'elle une créature morne comme un jour humide, une jeune femme sans éclat, délavée de la tête aux pieds, un corps sans urgences, un esprit ralenti. Sur cette terre pauvre comme un désert de sable, le hasard avait voulu qu'un homme venu d'ailleurs semât le miracle, comme en semaient jadis les dieux... Et elle se reprenait alors à songer à l'utopique pavillon de son père, un modeste pavillon de banlieue décoré d'une grille peinte en blanc et flanqué de deux arbres feuillus ; une petite bicoque, comme on dit, où le vieux aurait pu entretenir un chien, un chat et un oiseau en cage, laissant sa femme aller battre le pavé parisien dans ses croisades pour une France française. Une France Dieu sait quoi ! Ça doit paraître si loin, si irréel, ces drapeaux déployés, ces slogans hurlés, quand on se sent bien à l'abri du reste du monde sous les volutes odorantes de la glycine qui orne son jardinet ! Un sifflement de train de temps à autre. Mais uniquement pour le plaisir, afin de se remémorer ses souvenirs de cheminot. Hélas, à l'époque où ces modestes rêves vivaient, le miracle n'était pas encore né, il n'était pas même imaginé, ni conçu... et le vieux s'était laissé surprendre par la mort dans un lit à peine petit-bourgeois, dans la grisaille de leur trois-pièces sur cour, à Belleville. Peu importe, il n'est jamais trop tard. Elle, mère de magicien, demanderait à son Fils une grâce rétrospective : jeter un regard bienveillant sur la tête dégarnie de René Fung et les pupilles éteintes des joueurs de pétanque, là, dans le square à moineaux, près du canal Saint-Martin, en mémoire de son père. De la grâce, il y en aurait pour tous, elle s'en portait garante !

Ainsi rêveuse, elle finissait sa journée chez Monsieur Paul et entamait sa soirée consacrée à Julien : dîner, lessive, repassage, contes. Et quelques cris épars, vite transformés en rires.

Le jour de son troisième anniversaire, elle décida d'organiser l'« espace Julien ». « La chambre d'un enfant doit contenir le monde », se dit-elle. Mais, pour matérialiser cette idée saugrenue, elle ne pouvait compter que sur des accessoires traditionnels glanés çà et là : berceau bleu clair, ours en peluche, hochet, oiseaux et pantins en papier accrochés au plafond, s'envolant ou grimaçant au moindre souffle d'air. Elle trouvait l'ensemble insuffisant pour la chambre d'un dieu. Il lui fallait quelque chose d'autre. De moins réducteur, de plus excitant, ouvrant le regard et éveillant l'esprit.

Elle restait convaincue que l'existence de Julien n'était pas uniquement le résultat de l'accouplement de deux corps quelconques, mais de la curiosité primordiale que ces deux corps étrangers, mâle et femelle, noir et blanc, africain et européen, avaient su éveiller l'un en l'autre, n'en déplût à sa mère. Cette curiosité s'était révélée plus pugnace que les normes, plus forte que toutes les convenances, plus courageuse que la peur, et, faisant fi de siècles d'histoire, de culture et de religion, elle avait entrepris de déblayer à nouveau la route de la nature, une route semée d'embûches et d'interdits sur laquelle, depuis si longtemps, l'amour et le désir ne marchaient plus ensemble. Elle et Badara, lumineux couple clandestin, y avaient fait quelques pas. Certes, on ne pouvait parler d'un désir longuement partagé ni d'une patiente histoire d'amour. Non plus que d'un acte délibéré perpétré en plein jour. En réalité, cela n'avait été qu'une rencontre éclair dans cette complicité propice que prête la nuit aux sans-visage, parmi les lits anonymes des marchands de sommeil et l'opaque sordidité d'un fond de cour. Mais Julien en était né. Et cette naissance lavait toutes les fautes, expliquait tous les mystères, justifiait tous les miracles. Blanc, noir, rouge ou jaune, un nouveau-né apporte dans son regard toute la bonté du monde, la preuve irréfutable de son innocence. Fût-ce contre le monde lui-même.

Cette chambre de l'innocent, elle la voulait donc ouverte au monde. Une chambre contenant paysages et saisons, toutes sortes de merveilles. Une chambre abritant la planète entière. Elle chercha des papiers peints à fleurs et animaux, levers du jour et crépuscules y côtoyaient océans et déserts, cascades et forêts vierges, pitons enneigés et plaines ensoleillées. Sur ces quatre murs, des Chinois à chapeau conique s'affairaient dans les rizières, des négresses aux seins lourds broyaient du manioc, des Peaux-Rouges, bandeau sur le front, plume plantée sur la nuque, chassaient le buffle, des paysans blancs aux bras nus faisaient les semailles ou foulaient le raisin, des nomades enturbannés partaient à bosse de chameau en longues caravanes vers la ligne floue d'un horizon sans bornes, des princesses et des maharajahs indiens se balançaient à dos d'éléphant dans le royal tohu-bohu d'une chasse au tigre, des Lapons emmitouflés de fourrures dépeçaient un phoque ou un caribou à la porte de leur igloo, un groupe de pêcheurs retirait de la mer un filet grouillant de poissons irisés cependant qu'un voilier fanto-matique semblait sombrer là-bas, happé par la rondeur de l'eau... Au fil des mois, elle y avait ajouté des affiches où ports et gares disputaient la vedette à cathédrales et châteaux, où les tableaux de maître coexistaient avec les purs chefs-d'œuvre de la nature. En somme, un décor d'exposition universelle, œcuménique en diable, pour le plaisir des yeux d'un enfant noir né du mauvais côté des draps et du pire côté de la géographie. Un décor de rêve pour une histoire on ne peut plus réelle. Une histoire greffée sur une société crispée, into-lérante à ce genre de greffe et dépourvue d'imagination, de lyrisme, d'esprit d'aventure, de charité : la nôtre.

Quelques années plus tard, Ourson vint s'intégrer dans ce décor d'agence de voyages. Le chaton se montra d'abord rétif, bientôt curieux, puis se comporta en maître de céans. Il était si blanc, si doux qu'on l'aurait dit recouvert de duvet d'oie. Il flairait tout, scrutant les murs d'un œil attentif et vivace, comme on fixe une mouche étourdie en train de se cogner aux vitres de la fenêtre. Il s'aplatissait sur l'édredon, prêt à bondir. Le moindre changement d'éclairage sur les multiples dessins de *scènes de la vie quotidienne* hérissait d'un seul coup le poil de son dos comme si sa fourrure avait été connectée à son regard. Julien exultait. « Quels réflexes ! » s'exclamait-il. Et il riait à gorge déployée, se tapant sur les cuisses ou battant des mains. Qu'il pleurât ou qu'il rît, toute manifestation de ses humeurs était bruyante. Un enfant blanc aurait-il montré une telle exubérance, un tel manque de mesure dans l'expression de ses joies ou de ses chagrins ? Monsieur Paul soutenait que l'instinct s'exprime de façon beaucoup moins réprimée chez les Noirs que chez les Blancs. « Ils sont plus proches que nous de la nature. La civilisation s'y casse les dents ! » Ce mot de *civilisation*, il se plaisait à l'entourer d'un mépris peu commun chez un honnête retraité. Bref, les voisins cognaient souvent contre la cloison pour mettre fin à l'esclandre. Julien en restait interloqué. « Mais qu'est-ce qu'ils ont à frapper comme ça ? On ne peut plus vivre tranquille chez soi ! »

En voilà un qui ne se laisserait pas faire. Tant mieux. Elle en avait assez d'entendre des remarques désobligeantes sur le palier. « Trop remuant, ce gosse. Vous n'avez pas songé à en parler à votre médecin ? » Non mais, de quoi je me mêle !... Fallait-il donc brider la vitalité des enfants pour vivre en paix ? Pour vivre en paix, il suffisait de ne pas faire la guerre ! Et elle aimait les fous rires de son fils, ses cris gutturaux d'Indien de western. Cependant, elle disait au petit : « Il faut penser aux autres, mon grand, apprendre à les ménager. Ils existent aussi, comme nous. Minuit passé n'est pas le moment propice pour rire aux éclats, même si Ourson fait le clown. Tu sais, ce genre de comportement s'appelle *tapage nocturne*. Et c'est puni par la loi ! » Elle grondait son Julien avec un sourire tendrement ironique, ainsi que l'aurait fait Monsieur Paul. Mais elle savait qu'elle perdait son temps : le lendemain, l'enfant et le chaton se remettraient de plus belle à leurs jeux et poursuites et il ne lui resterait d'autre issue que de s'en excuser auprès des voisins... A deux ou trois reprises, elle fut tentée de se débarrasser d'Ourson, le joli chat voyou. Mais elle se dit qu'après tout, la tranquillité de quelques vieux grincheux ne méritait pas un pareil sacrifice. Ils n'avaient qu'à se reposer le reste de la journée, aux heures où l'animal somnolait et où l'enfant se trouvait à l'école ou en salle de sports. Elle refusait de mettre un mors à la joie de vivre de son fils. Julien était bruyant parce qu'il était vivant. Et elle-même se sentait vivre comme jamais auparavant, à partager la vie débordante de son enfant. Quant aux autres, sa propre mère aurait dit : « Qu'ils crèvent ! » Elle reprenait la formule à son compte, les dents serrées. (Quoique, dans ce cas-ci, sa mère aurait plus volontiers conclu : « Ils n'ont pas tort, les autres, ma fille. Ce môme est un sauvage. Tu n'as qu'à le renvoyer avec son père, chez les sauvages. C'est sa place. Sais-tu au moins de quel coin de brousse il est originaire ? »)

Elle déraille. Elle le sait. Le jour où elle lui a annoncé qu'elle portait dans son ventre l'enfant d'un Noir, pendant un long moment il n'est plus rien resté de la farouche combativité maternelle. Paumée comme une héroïne de mélodrame. Les mots filiaux ont fait sur elle l'effet d'un couteau qui la saignait à blanc. Cheveux teints en blond platiné, faux cils et lèvres carminées semblaient soudain sens dessus dessous, agglutinés pêle-mêle sur un crâne d'ossuaire. Elle était triste à voir, maman. Mais, le choc passé, insultes et reproches se sont bousculés dans sa bouche et elle les a crachés. Ils étaient d'autant plus pathétiques que des sanglots incontrôlés affaiblissaient sa hargne. Elle, sa fille, n'avait pas pu s'empêcher d'avoir pitié. Mais son amour est mort ce jour-là. Il n'a jamais ressuscité.

C'est vrai : ce rire tapageur, Julien l'avait hérité de son père. Pour les *esclaffements bruyants* (tournure choisie par sa très chère maman), Badara n'y allait pas par quatre chemins. Frais sorti de sa brousse où l'absurde n'était sans doute pas monnaie courante comme chez nous, il lançait des éclats de rire à réveiller un mort chaque fois qu'il découvrait quelque chose d'étonnant ou surprenant pour lui. Des trucs souvent insignifiants, bêtement quotidiens. Par exemple, les fesses de Denise et ses nichons. Elle mesurait à peine un mètre cinquante-cinq, la petite Denise, elle était menue dans son tablier de magasinière occasionnelle. N'empêche : le soir venu, elle s'arrangeait pour afficher des hanches et une poitrine de travelo. Un corsage exigu, décolleté jusqu'au nombril, et une minijupe élastique faisaient l'affaire. Elle s'y comprimait jusqu'à menace d'éclatement. Toute minuscule qu'elle fût, on aurait dit qu'il y avait chez elle trop de femme pour un ensemble vestimentaire si réduit, humblement qualifié par elle de *discret*. Sa gorge débordait, sa croupe faisait bosse. « Je voudrais bien savoir d'où tu sors tout ça ! — Simple, ripostait Denise : je m'administre. Une bonne ménagère doit apprendre à administrer à son avantage le peu dont elle dispose. C'est mon cas, ma biche. » Des cheveux coiffés en tignasse de sorcière, des yeux agrandis par le rimmel et un museau badigeonné de rouge, rond et indécent comme un cul de guenon, complétaient le saisissant ensemble. Une vraie poupée, de celles dont les mecs raffolent. A l'entendre, c'étaient ces atours-là qui faisaient bander les hommes. « L'ancien *look* virginal ne marche plus, ma vieille. Aujourd'hui, ces salopards ne pensent pas au mariage. Ils pensent au cul. Je suis bien placée pour le savoir. Je les fréquente. Le cul, rien que le cul, encore le cul ! Vite fait, vite oublié.

172

Autant en profiter tant qu'on est jeune. La jeunesse, ça s'envole vite ! » Elle entrait dans les boîtes du quartier comme une reine dans la salle du trône. En un clin d'œil, un troupeau d'Africains à la braguette gonflée faisaient cercle autour d'elle. Badara s'esclaffait comme un bidasse en bordée. « Elle s'y prend comme une grande, ta petite copine ! lançait-il, admiratif. Quel exploit ! Elle a à peine de quoi allaiter un prématuré et elle se comporte comme si elle pouvait combler un régiment. Ah, ces filles modernes... ! Je voudrais la voir nue comme un ver. Remarque, elle n'est pas mal, en guise d'apéro ; mais, pour les choses sérieuses, il faut une vraie bonne femme ! » Là, elle se fâchait. Il oubliait trop facilement que Denise était sa seule amie. Elle ne tolérait pas... En vain. Badara ne cessait pas de rigoler. Le pire était qu'entre eux ils ne parlaient que de Denise ; à croire qu'ils n'avaient pas d'autre sujet de conversation. Chaque dimanche que Dieu faisait, Badara prenait un plaisir fou à comptabiliser les fois que sa *p'tite copine* était passée à la casserole. « Un Africain c'est bavard, disait-il. Surtout quand il est question de baise. Ça raconte tout par le menu ! » Elle voyait rouge. « Alors là, tu te mets le doigt dans l'œil, mon vieux ! Permets-moi de te dire qu'avec Denise, ce sont plutôt les mecs qui y passent ! » D'accord, d'accord. Mais elle devrait entendre aussi leur version des faits. Cette Denise, il n'y avait pas de quoi en faire un plat, malgré ses airs de croqueuse d'hommes ; on en causait souvent entre copains. « Où ça ? », demandait-elle.

Au Balto. Métro Château-Rouge. L'après-midi. Comment, elle ne le croyait pas ? Elle n'avait qu'à s'y pointer dimanche prochain. Entendu. Elle y serait. A seize heures pile.

On ne peut pas imaginer rendez-vous plus bête que celui-là, se remémore-t-elle, rêveuse. Comme un pari de gosses. Ou d'ivrognes. Mais l'amour y est né. Et Julien avec.

C'est vrai qu'elle n'a pas aimé le genre de femmes qu'elle a vues dans ce café. Des Blanches délurées, un tantinet canailles. Du moins par leur aspect et leur comportement. Comment ne pas se rappeler sa mère en les regardant ? Ses sermons, ses discours sur mélange et décadence y prenaient soudain corps. Elle se sentait gênée, mais elle tint bon. Dans la salle des fêtes, lors des soirées dansantes du vendredi et du samedi, l'éclairage pivotant et clignotant estompait quelque peu cette misère, cette promiscuité. Mais là, en plein après-midi... Elle, il est vrai, ne se trouvait pas dans ce café pour enfreindre des règles ni braver des interdits, elle n'était pas Denise. Badara lui avait donné ici son premier rendez-vous. Et Badara ne ressemblait pas aux autres immigrés, clandestins ou Dieu sait quoi. Badara se montrait un garçon à la poitrine accueillante, au regard net. Il ne lui avait pas tripoté les fesses, il lui avait caressé les joues. Tout simplement. Avec ses longs doigts, puis ses lèvres ardentes. Une touche de gentillesse. Elle s'était sentie comme transportée ailleurs. Hors du monde. Hors d'elle-même. Flottant sur un nuage, comme on dit. Elle se fichait pas mal que ce nuage annonçât l'orage. L'orage passe, le bonheur reste. Ravagée comme un champ de blé, cassée comme une branche par la grêle, elle n'aurait pas pour autant renoncé à ses caresses. A aucun prix. Son sang s'était mis à bouillir, sa chair à brûler. Elle était comme en feu. Son corps de jeune fille se révélait du coup quelque chose d'autre : un corps de femme habité par un besoin, une urgence. Certains mots concernant la nature (*désir*, par exemple, et d'autres encore) devenaient soudain essentiels, pressants, physiques ; ils cessaient d'être abstraits et se changeaient en sensations, en fièvre, en frissons. Elle couvait une maladie, nouvelle pour elle : l'attirance sexuelle. Ça rappelait l'angoisse. Mais dans l'exaltation. Une sorte d'obscurité profonde faite d'une lumière trop forte, insoutenable. Elle y plongea aveuglément.

Un jour, quelque part au fin fond de la Goutte-d'Or, elle traversa, sa main dans la main de Badara, deux cours cernées de murs délabrés et trois couloirs grisâtres. L'air sentait le moisi. On avait l'impression qu'il stagnait là depuis des siècles. Une odeur âcre, épaisse, poisseuse, comme si elle retenait en suspension d'autres sueurs, d'autres fièvres. (Une lèpre venue d'ailleurs, aurait certainement dit sa mère.) Du linge en pagaille séchait aux fenêtres. L'après-midi naissant se déguisait déjà en crépuscule. Ici, la grisaille de l'automne citadin s'endeuillait un peu plus. Un trou. (Un trou à Noirs, comme on dit un trou à rats.) Au bout d'un corridor, une petite chambre : deux fois trois lits superposés, une ampoule nue, un lavabo, un camping-gaz. Ce qu'on peut faire de mieux pour héberger la sinistrose. « Une chambre pour six », dit Badara de façon simple. « Mieux que la rue », ajouta-t-il en souriant. Les autres locataires ? Ils s'amusaient dehors. Ne rentreraient que vers minuit.

Le corps de Badara débordait du lit. Pieds, chevilles, mains et bras en ressortaient, cherchant appui sur les murs. Ou par terre. Elle n'aurait jamais imaginé que, couché, un corps d'homme pût être si grand, si répandu. Un corps qui l'entourait et l'envahissait. La pénétrait à fond. La couvrait en bloc. Mais, même ainsi assaillie, elle se sentait puissante, dominatrice. Près de cet homme, elle n'était qu'une petite femme frêle et faible, gaie et souffrante ; cependant, cette petitesse ne l'empêchait pas de régner sur ses désirs, ses pulsions, sa vaste et forte anatomie, comme les femelles antiques sur les dynasties et les empires. Pour lui, l'étranger, sa nudité se révélait plus belle et désirable que les habituelles rencontres avec d'autres femmes, et il ne regrettait ni les copains, ni le café, ni la soirée dansante de tout à l'heure. C'est ce qu'il affirmait. Et elle le croyait. Ce libre don de soi était comme une révélation. Cela tenait du miracle. Un miracle d'autant plus éblouissant que personne d'autre ne l'avait vue totalement nue auparavant. Ni ses parents. Ni Denise. Ni même son médecin. La nudité l'avait toujours gênée. La sienne et celle des autres. Petite, elle détournait la tête quand elle surprenait les épaules ruisselantes de sa mère sous la douche. Et elle piquait un fard. « Un truc maladif », prétendait Denise, très au fait des complexes et autres frustrations grâce à ses fréquentes lectures de bouquins de femmes américaines. Et, sur la plage de son enfance, à La Rochelle, c'était à peine différent. Certes, les corps portaient un maillot de bain et leur semi-nudité apparaissait aux yeux de tous comme naturelle ; n'empêche qu'en sortant de l'eau, quand le tissu glissait sur la poitrine, découvrant une partie de gorge plus blanche que le reste, elle éprouvait toujours l'inconfort de surprendre un secret. Ce teint de peau intime préservé du vent et du soleil n'appartenait qu'à ce corps-là, son regard n'avait nul droit de s'y poser. La petite fille involontairement voyeuse se sentait alors comme prise en faute et cherchait toutes sortes d'excuses pour se dérober aux *bains de mer*. Mais maman passait outre. Un bon mois d'air iodé au bord de l'océan compensait, selon elle, les dégâts que l'hiver parisien produisait dans l'organisme. Elle-même faisait d'ailleurs pareil avec Julien.

Ce soir d'automne, dans la lumière crue d'une chambre occasionnelle, son corps nu prenait soudain une dimension nouvelle face au corps de l'homme. Une dimension jusqu'alors insoupçonnée. Initiatique, aurait-on dit. Elle, qui s'était sentie vivre comme une barcasse à la dérive, touchait au

port de manière inattendue. Débarrassée de ses
vêtements, libérée de toute gêne, sa blanche peau
tressaillante accostait contre l'épiderme magné-
tique d'un homme noir. Et l'abordage eut lieu,
entre vents et marées. Elle laissa le sang de sa
virginité sur une litière clandestine, payée plus
cher qu'un lit légal, et y reçut la semence de
Badara. L'échange lui convenait, convenait à son
corps, qui dévoila du coup ses folles envies, ses
folles douleurs, ses plaisirs fous. Mais aussi sa
suprême fonction de réceptacle, et le comportement idoine. Personne ne lui avait jamais fourni
la moindre indication sur cette disponibilité naturelle de son corps ; la découverte en fut d'autant
plus exaltante. Par exemple, son ventre : après
avoir accueilli et contenu la passion mâle, il
devenait tout logiquement l'oreiller sur lequel
l'homme reposait sa tête. Pendant ce long répit,
elle contempla avec voracité l'immense corps de
Badara recroquevillé comme celui d'un enfant sur
la moitié du lit, retenant son mollet de femme
blanche entre ses cuisses noires. Sa respiration
devenait lente et lourde comme un vent de plaine.
Elle, femme épanouie, caressait avec tendresse ses
cheveux crépus. Mais elle ne disait rien. Elle
fumait lentement sa cigarette, essayant de
comprendre comment ses propres mains, igno-
rantes, inexpertes deux heures auparavant, avaient
si vite appris les gestes de l'amour, jusqu'à se les
approprier comme un butin. Tâtant le sexe de
l'homme, elles s'étaient senties pour la première
fois avares et possessives, pleines d'un bien sou-

dainement gagné, conquis. Ses doigts avaient parcouru en détail le visage, le cou, les épaules, le long bras qui entourait ses hanches et le large dos où l'épine dorsale descendait vertèbre après vertèbre jusqu'aux fesses rondes. Peu à peu, l'antagonisme de leurs couleurs de peau cessait d'être pour elle un élément étrange les distançant, les séparant, et se changeait sans qu'elle s'en aperçût en trait d'union, les deux bouts d'une échelle salvatrice tendue en travers d'un abîme, la simultanéité du jour et de la nuit. Ses caresses prenaient alors un sens plus large, plus profond, c'était comme si ses mains caressaient l'âme en caressant le corps, l'univers entier à travers un épiderme palpable : celui, noir, de Badara. Le souffle de celui-ci se réveillait, s'accélérait... Elle sentait la verge palpitante de l'homme grandir entre ses jambes. Puis il se remettait sur elle. S'introduisait à nouveau en elle. Elle s'ouvrait comme une fleur à l'aube, l'abritait dans ses entrailles autant qu'il le voulait, aussi profondément qu'il le désirait, comme si ce mâle noir et clandestin avait été le seul autre être vivant de la planète, son unique habitant. Les heures passant, elle voyait par la petite fenêtre la grisaille tourner à l'obscurité, entendait les voix nettes de la fin du jour s'étouffer en chuchotements nocturnes. Elle n'avait jamais prêté autant d'attention au passage du temps, à ses bruits, à ses silences. Les roucoulements, les battements d'ailes des pigeons s'estompaient, les miaulements désespérés des chats prenaient la relève. Un robinet qui coule, un marmot qui

179

braille, le soudain branle-bas des casseroles. Elle captait ces sursauts du quotidien tout en flottant, folle d'amour, sous le poids à la fois léger et écrasant de Badara. Ainsi restèrent-ils l'un dans l'autre huit heures d'affilée, en ce dimanche lointain, entre seize heures et minuit pile. Huit heures pendant lesquelles elle saisit comme en fraude le vrai sens de la vie. Son sens unique.

A partir de cette première fois, homme noir et femme blanche se virent chaque jour, ne fût-ce qu'un quart d'heure, dans l'attente du dimanche. Impossible de rester seuls plus longtemps dans une chambre où six personnes entassent fatigue et clandestinité. Leur relation s'établissait autour de ce besoin de compagnie qu'ont les laissés-pour-compte, les solitaires, les exclus. Plutôt qu'un fol amour, ce fut une nécessité physique. Ce besoin se révéla plus fort que la tendresse. Et sans doute plus solide. La jeune femme décida de louer un petit appartement rue Custine. Ils y vécurent ensemble à peine six mois. Quelques années plus tard, alors qu'elle travaillait chez Monsieur Paul, elle acheta ce logement pour Julien et pour elle. La couleur de l'enfant ravivait le souvenir du père, remplaçait sa présence, entretenait dans son esprit l'image de ce pauvre Badara, entre-temps expulsé de France. *Manu militari*, comme bon nombre d'autres.

Elle se rappelle aussi le jour où elle avait quitté sa mère. Un jour quelconque. En réponse à son discours de plus en plus xénophobe, elle lui avait lancé : « Je pars avec mon nègre ». Chose étrange :

sa mère n'avait pas explosé, comme elle s'y attendait. Aucun geste de révolte, aucun reproche. Elle s'était simplement laissée choir comme un poids mort sur l'un de ses fauteuils, puis l'avait regardée sans rien dire un long moment. Elle l'avait vue pâlir puis dépérir sous son maquillage outrancier. « Il faut que je déguerpisse sur-le-champ, pensa-t-elle. Elle a cessé d'être ma mère. Et c'est pour la vie, car jamais elle n'acceptera Badara. Elle pourrait me tuer si je le lui demandais. » Un choix forcé, déchirant à certains égards, entre sa propre mère et le père de son futur enfant. Deux mois après, elle s'était retrouvée sans l'un ni l'autre. Seule avec sa grossesse. L'enfant qu'elle portait représentait tout son espoir. Elle l'attendait comme le Messie.

L'avait-elle mal jugée, sa mère ? Peut-être. Puisque contre toute attente, celle-ci était passée la voir à l'hôpital. Probablement parce qu'elle ne risquait plus d'y rencontrer *cet Africain*, appellation aimable dont elle gratifiait le père de la créature. Renvoyé un beau matin à sa brousse natale, le responsable du *faux pas* de sa fille n'avait pas même laissé dans son esprit l'ombre d'une amertume. C'était devenu un fantôme. Mais d'une race inférieure. Le genre de fantôme qui n'a pas le pouvoir de vous hanter. L'affaire était close.

Ainsi s'éloignèrent-elles l'une de l'autre comme deux routes allant en direction opposée. Une nouvelle rencontre n'avait plus guère de chances de se produire. Leur temps de mère et fille était bel et bien révolu. Dommage. Car, certains jours

de détresse, elle aurait voulu pouvoir enfin s'épan-
cher contre sa poitrine. Quand on est veuve de
son enfant, on a besoin d'une mère.

Connut-elle le bonheur avec Badara ? Elle n'en
sait rien. Leur vie ensemble dura le temps d'un
rêve. Trop court, ce temps volé au temps. Des
journées sans lendemain, à fuir le moindre signe
de présence policière. La situation de Badara était
intenable. Ni titre de séjour ni contrat de travail.
Et souvent sans boulot. Combien de nuits convul-
sives passèrent-ils, enlacés comme deux branches
enchevêtrées livrées aux flots, à se demander si
cette précarité allait durer un jour de plus ? Ou si,
par un coup du hasard, une volte-face de la
fortune, il n'allait pas se produire quelque événe-
ment capable à lui seul de faire reculer la fatalité ?
La fatalité était leur lot. Sorte d'avalanche au
ralenti, de marée à retardement qui finirait par
les ensevelir ou les noyer. Trop court, ce temps
d'angoisses, de joies, d'attentes et de frissons, de
clandestinité vécue jusqu'à la lie. Trop court, trop
morcelé pour l'appeler bonheur. C'est bien après,
avec la naissance et la petite enfance de Julien,
qu'elle a su que le bonheur peut ressembler à un
film. Un film comme fait d'images tranquilles,
flottantes comme feuilles mortes, un peu floues
mais ponctuées de détails d'une précision insolite.
L'éclat d'un regard, par exemple. Ou sa complicité. Ou alors ce petit crâne en argent qu'elle
n'avait jamais vu de ses propres yeux, mais que,
dans ses cauchemars, Julien portait toujours en
guise de bague au « doigt du cœur ». Son incons-

cient parlait. Tapie dans les méandres de son esprit, masquée par le sommeil, une voix clandestine lui susurrait : « Fais attention, petite maman ! Ton fils vient à peine de naître, mais il est déjà condamné ! » Ce crâne argenté au doigt du cœur annonçait sa mort prématurée. Elle le sait maintenant.

Pour qu'on puisse le reconnaître à chaque coin de vie, rire, pleurer, dialoguer avec lui, le bonheur (ses ombres, ses lumières) doit durer. Il doit prendre son temps. Avec Badara, le bonheur n'avait aucune chance. Quelques mois de passion et de peur partagées. Puis l'expulsion. Le petit matin où la police l'emmena, le malheureux ne put que jeter un dernier regard, d'une fixité inoubliable, sur son ventre arrondi qui abritait Julien depuis déjà un bon moment. Ce regard terni par la fatalité savait d'avance qu'il ne connaîtrait jamais son fils. Qu'il ne le verrait ni naître ni grandir. Il ne se trompait pas.

Alors elle a dû tout ressentir pour deux. Tout vivre pour deux. Contemplant son ventre s'alourdir, ses pupilles se doublaient soudain des pupilles de l'absent. Ce regard double calibrait le sexe, la taille, le poids de l'enfant à venir. Elle sera petite comme moi, disait le regard mère ; il sera grand comme moi, tranchait le regard père. Mais le dernier mot était revenu au gynécologue : « Vous portez un garçon, madame. » Le regard père et mère couvrit alors l'enfant pas encore né d'une tendresse inédite. Une tendresse multipliée par deux. Lentement, il esquissa la forme d'une boule

183

de chair ornée d'un petit pissou au milieu. Les mois passant, cette rondeur fœtale s'allongerait, prendrait force et vigueur, ses os, ses muscles s'effileraient, branches qu'on élague de leur feuillage. Le double regard couverait d'un curieux amour cette formidable poussée de masculinité... Elle, mère totale, se répétait à chaque instant : « Quand on a eu la chance de porter le père et qu'on a le bonheur de porter le fils, il n'y a pas de limites à l'émerveillement. » Son ventre devenait terre d'asile, de tolérance. Terre d'hommes. Elle se sentait solide comme un roc, cosmique, moule à miracle, ciboire féminin renfermant l'essence de la masculinité, ce sperme apaisé dans sa poche souterraine, apte à devenir à son tour source de semence. Continuité inéluctable. Son corps de femme avait un mandat à remplir : continuer son homme, le perpétuer. L'absence physique de Badara finit de cette façon par s'estomper, sa présence génitrice prit toute la place. Devant le miroir, elle appelait son ventre Badara, le caressait avec les mains de Badara, jouissant jusqu'à l'orgasme d'une dualité insolite : demeurer la femme qu'elle était tout en se transformant, face à son reflet, en l'homme qui l'avait comblée. Jamais solitude ne fut plus habitée. Son corps étriqué accueillait en lui trois natures différentes, entrelacées comme les racines d'un même arbre.

Le jour de l'accouchement, quand la tête de l'enfant noir apparut enfin entre ses cuisses, suivie par le tronc noir, puis par le reste du petit corps noir, elle se sentit fière d'être femme. Et elle se dit : on est faites pour héberger en nous la vie dans sa diversité, pour la porter et la délivrer. Femme et vie sont complices. Et cette complicité tient du miracle. Elle regretta alors ses cris. Sur sa poitrine blanche comme neige, son fils noir s'initiait à la tétée. Sa première tétée de petit bonhomme. « Sacré glouton ! » murmura-t-elle, ravie. Elle décida aussitôt de l'appeler Julien. « Comme feu ton grand-père. » Elle élimina ainsi l'identité du père. « Ta jolie personne noire portera un nom blanc, mon trésor. » Elle avait quand même l'ombre d'un mauvais pressentiment. Comme le reste du monde (sa mère, la société, Dieu ou le diable sait qui), elle s'adonnait avec légèreté au jeu des symboles. Jeu complexe, dangereux. Jeu de massacre. Quatorze années plus tard, ce jeu irresponsable entraînerait la mort de son Julien.

Voilà : la mort encore. La mort toujours. On dirait qu'elle ne s'endort jamais, la garce. On la croit assoupie, terrée dans les noirceurs de son royaume. Maîtrisée. Mais non. Elle veille, la gueuse. Elle se faufile par chaque fissure de l'esprit, jaillit de nulle part comme un brouillard s'épaississant autour d'un svelte clocher, d'un pommier en fleur, estompant leurs contours jusqu'à les effacer : malin l'oiseau qui y bâtirait son nid. La sale camarde fait pareil avec les souvenirs : elle les assaille, les encercle, puis les anéantit. Après son passage, plus rien ne reste sur pied de ce qui était la vie. Les images qui remplissaient la mémoire jour après jour, enrichissant chaque instant, se dérobent soudain à votre appel ; elles ont rompu les amarres et disparu.

Ainsi de ces tableaux naguère vivants d'un bébé noir batifolant sur le corps blanc de sa mère, le parcourant des cuisses à la poitrine, le visage hilare, le gosier babillard, ces dimanches matin au lit de la paresse, lorsqu'on laisse le ménage pour plus tard — maintenant je m'occupe de ma charmante bestiole, hein, mon minou ? C'est notre journée à nous, et on s'en fiche pas mal du reste. Interminables jeux de doigts noirs et de doigts blancs qui se cherchent, se rencontrent, s'accrochent, restent entrelacés comme les veines et les artères des planches d'anatomie. « C'est comme ça que nous sommes au-dedans, maman ? demanderait Julien quelques années plus tard. Tous, les Blancs comme les Noirs ? »

Elle répondait oui, mon petit curieux. Sous des peaux différentes, nous autres humains nous ressemblons comme deux gouttes d'eau. Que dis-je, comme un déluge de gouttes d'eau ! Nos cœurs battent pareillement, notre sang est rouge et suit chez chacun un cours tracé d'avance, toujours le même. Et ce liquide sacré qu'un jour tu produiras, qu'on appelle semence, fuse aussi sans distinction de chaque homme... Non mais, délirait-elle ou quoi ? Raconter ce genre de balivernes à un gamin de neuf ans ? Si sa mère l'entendait ! Ah ! l'imprudente, songer au père en regardant le fils ! L'orgasme saccadé de Badara, sa puissance de reins, son râle rauque, sauvage, lui manquaient-ils à ce point ? Attendrait-elle du gosse, l'âge venu,

qu'il répète chaque nuit les exploits de son père ?
Deux heures de lourd sommeil et voilà que la
folle chevauchée recommençait, courte et rapide.
On aurait cru qu'il disputait un championnat, ce
sacré Badara. Ça le prenait comme un coup de
tonnerre dans un ciel d'été : une énergie soudaine,
rapace, incontrôlable, qui ne trouvait d'accalmie
que dans l'explosion. A peine trois minutes de
corps à corps, de chair à chair, longues comme
trois heures d'attente, fugaces comme l'éclair.
Souvent elle était prise à la fois d'une poussée de
larmes et d'un fou rire, irrationnels l'une comme
l'autre, arrachés par la douleur et la joie à parts
égales, deux réactions en apparence contradic-
toires mais qui n'en faisaient qu'une. Cet étrange
phénomène, Denise l'appelait la « gloire d'être
femelle ». Dieu seul savait où elle était allée
chercher une expression pareille. Sans doute dans
ces livres qu'elle dévorait : la verge de l'homme y
fait office de simple déclic de l'épanouissement
féminin. « Une récupération légitime de nos droits
d'espèce, concluait-elle. Après tout, ma poule, c'est
nous qui les mettons au monde : leurs attributs
nous appartiennent... même s'ils sont convaincus,
eux, de dominer la situation ! »

Folle Denise ! Ses propos de suffragette étaient-
ils à l'origine de ce jeu équivoque auquel elle se
livrait avec Julien bébé ? Ces séances de chatouilles
dont les enfants raffolent... Elle laissait faire sa
copine, ravie. Car elle y prenait aussi sa part. Elle
pouvait feindre de dévorer le pissou du petit de
longues minutes durant, jouant à être une maman

187

cannibale, cependant que le marmot proférait des hurlements entremêlés de rires, aigus les uns, rauques les autres, peur et plaisir s'y confondant, liés comme os et chair. Ces jeux tendrement frénétiques de jeune mère amourachée de son rejeton cessèrent du jour où elle eut conscience qu'ils dérivaient. Julien avait huit ans. Sentant l'amoureuse tête de maman piquer comme une pie grièche vers son bas-ventre, il s'était soudain raidi. Elle en fut bouleversée, ignorant qu'une telle réaction pouvait se produire à un âge si tendre : le jeu prenait des proportions inattendues, annonçant le mâle qui couvait dans ce corps déjà vigoureux. Non, non, elle n'en fut pas scandalisée. Bien au contraire, elle reçut avec un large sourire ce premier hommage de la virilité de son enfant. Primeur que nulle autre femme au monde ne recevrait désormais. Elle se sentait comme une mère souveraine acceptant le don de ces prémices. Ébahie, elle s'est dit : « Mon Dieu, que ça pousse vite ! Dans peu de temps, il va falloir faire gaffe aux petites copines, espèce de truand ; tu tiens ça de ton père ! » Et ça n'a fait qu'empirer avec le temps. Ou s'améliorer, c'est selon. A l'âge de douze ans, Julien arborait un sexe adulte, dressé à tout propos et à des heures inappropriées. Pas uniquement au réveil, comme chez Badara, non, non, il suffisait d'une épaule ou d'une poitrine nues, d'un fragment de dos, de ventre, de cuisse ou de fesse entrevus à la télévision, peu importait qu'ils fussent masculins ou féminins, pour que ce membre insoumis se dresse vers le nombril, remplissant le slip d'une abondance aussi plaisante à voir qu'incongrue. Une abondance qui jurait avec l'air confus du brave garçon, avec son regard limpide. D'un ton mi-joyeux, mi-sévère, elle s'exclamait encore : « Ah, le petit salopard... ! Dis, ce sont les rêves qui te font cet effet ou les cochonneries qu'on voit à la télé ? Je vais la débrancher, moi, la télé ! Va finir tes devoirs, on n'est pas encore en vacances ! — C'est déjà fait, maman. — Alors tu les revois ! Deux coups d'œil valent mieux qu'un ! »

Autant parler au vent. Leurs accrochages verbaux ne lui faisaient pas baisser la garde. De toute évidence, le garçon était né pour cette besogne. Pour peu qu'il trouve un ventre fertile, il peuplerait la terre d'une ribambelle de braillards de sa trempe. L'espèce pouvait dormir sur ses deux oreilles. Son rythme de reproduction était bel et bien assuré.

Elle s'en sentait archifière, elle se voyait déjà grand-mère comblée d'une nichée de mioches innombrables.

Rêves, espoirs, tendresse... Folies. Chimères. La mort a tout brûlé. Il n'en reste que des cendres. Ces cendres ont vite déteint sur la vie, l'ont endeuillée. La vie ne mérite plus son nom. Veuve la vie, oui. Ou feu la vie. Fiasco, faillite. N'importe quoi, sauf ce qui méritait le nom de *vie*.

Paris s'enrobe à son tour de cette grisaille comme d'une couche de mort. Pâques, peut-être.

A Pâques, l'air prend souvent un coup de deuil. Crachin et boue se répandent partout, les arbres encore nus sont comme des âmes en peine, leurs rameaux rappellent les phalanges d'un cadavre. Dans les allées des squares, sur les trottoirs, les pigeons déploient leur grise saleté d'un air indolent ou fatigué... Pigalle. Ses misérables fastes dépérissent à vue d'œil. On dirait un malade en phase terminale. La pollution ternit du jour au lendemain les façades fraîchement ravalées. C'est comme la lèpre : ça corrode tout. Putes et clochards côtoient les perruques et les oripeaux écarlates des travelos. Les enfants du mélange remplissent chaque ruelle, chaque impasse. Une nouvelle race semble avoir surgi de la couche de lave déposée par *le volcan de l'immigration*, comme dirait sa mère. Une race en guenilles, baskets sales, chandails bon marché, comme égarée sur une route d'après-catastrophe. Une race aux origines inconnues, au présent précaire, à l'avenir incertain.

Son mort appartenait-il aussi à cette espèce condamnée d'avance ? Avec un peu de temps, aurait-elle pu en faire un être *normal* ? Elle veut dire : comme elle-même ?... Elle est incapable de répondre. La mort a ceci d'odieux qu'elle broie toute illusion, tout rêve, fussent-ils les plus modestes. Elle laisse le gris envahir l'esprit. Et quand l'esprit vire au gris, tout le reste suit. Ainsi de cette personne grise dont la glace d'un magasin lui renvoie l'image. Cette fade silhouette n'est autre qu'elle-même. Depuis la mort de Julien, ses cheveux ont pris un coup de poivre-et-sel. Elle se sent déjà vieille. Pourtant elle est encore jeune. Mais l'est-elle vraiment ? Son image dans cette vitrine opaque proclame le contraire. Cent ans lui sont tombés dessus en un rien de temps. Elle porte sur elle l'âge de la douleur. Et cet âge immémorial n'a jamais été ce qu'on appelle un *jeune âge*. Puis son imperméable... Mon Dieu, c'est à ne pas y croire. Il était beige lorsqu'elle l'a acheté. Un beige convenable, passe-partout. A présent il est gris. Elle ignore le sens d'une telle métamorphose. Les vêtements se fanent-ils en même temps que l'âme ? Peu importe : il est gris. Pas la peine de revenir là-dessus. Elle songe au pistolet. Noir brillant, croit-elle se rappeler. Prêt à donner la mort, serait-il à son tour devenu du même gris ? Un comble. Ou peut-être un signe ? Elle n'ose ouvrir son sac pour vérifier. Elle verra plus tard.

La mort inique de son fils lui fait à présent l'effet d'une souillure. Elle ne peut plus l'ignorer. Elle se sent sale, imprégnée de saleté jusqu'aux os. Et c'est dans cet état qu'elle prétend faire justice ? Attention : elle a aussi appris que la Justice n'est pas plus propre qu'elle-même. Elles sont toutes deux comme ces femelles luttant au corps à corps dans une flaque de boue : engluées, couvertes d'immondices, avilies.

La Justice... Parlons-en ! Elle n'a plus rien à taire. Femme du quotidien pétrie d'une argile simple, respectueuse des valeurs éternelles, y croyant ferme comme d'autres croient en Dieu, jamais elle n'aurait imaginé que la Justice mérite-rait un jour d'être traitée de garce. Ou de putain.

Jusqu'au meurtre de son fils, elle en avait gardé une image rassurante. Une figure noble et maternelle : celle d'une matrone drapée dans une tunique antique, tenant la balance dans une main, le glaive dans l'autre, volontairement aveugle pour (pensait-elle) ne pas faire de distinction à l'heure de prononcer son dernier mot. Ce mot sans appel, définissant une fois pour toutes la culpabilité ou l'innocence. Elle se la rappelait, statufiée sur les frontispices, pierre sage et savante, honorable et digne, gérant sentence après sentence la vie en société. En somme, une déesse dont le royaume serait ici-bas parmi nous. Non pas le ciel, comme pour le Bon Dieu, mais ce monde-ci dans lequel nous vivons, le seul à portée des humains. Un monde dans lequel la Justice imposerait son équilibre civilisateur. Au procès pour le meurtre de son fils, elle lui avait fait confiance. Une confiance aussi aveugle qu'elle-même. Le résultat ? Cette garce s'était payé le luxe d'absoudre l'assassinat d'un Noir et la culpabilité d'un Blanc. On avait l'impression que, au lieu d'un crime, elle jugeait une banale partie de chasse. La chasse étant close à l'époque des faits, le Blanc n'aurait assurément pas dû tirer sur ce malheureux Noir. Il aurait mieux fait d'attendre que la nouvelle saison commence. Par exemple une bonne campagne électorale, période survoltée où les excès verbaux des *joutes idéologiques* justifient, s'ils ne les excusent pas, ce genre de bavures. Certes, la Justice se gardait bien de s'exprimer en termes pareils ; mais elle, la mère de la victime, pouvait

192

lire le message sur ses lèvres dures. Si l'agneau s'aventure en territoire de loups, tant pis pour lui ; il n'avait qu'à rester sagement dans son pré, à l'abri du danger. Bien sûr qu'il s'agissait d'un fâcheux accident. La Justice en convenait. Mais si chaque accident involontaire entraînait la condamnation du prétendu coupable, le monde serait vite transformé en pénitencier. Aujourd'hui on tire sur son prochain, on l'écrase, on le laisse crever. A plus forte raison si son faciès ne vous revient pas. Par conséquent, la Justice se doit d'ajouter une certaine dose de surdité à son traditionnel assortiment d'infirmités. Tant qu'il y aura des Blancs, le vide laissé par un nègre abattu ne sera pas nuisible à l'équilibre démographique de la planète. Tous nos regrets à la mère de la victime. D'ailleurs, le deuil lui sied.

Elle aurait dû vomir en son auguste présence. Mais elle ne l'a pas fait. Elle a su plus tard que, pour solde de tout compte, l'assassin de son fils ne resterait enfermé que quelques mois. Même pas en prison. En maison de redressement. Puis, *bonne conduite* aidant, cette peine dérisoire se réduirait de moitié. Bref, un plaisant séjour en maison de repos. La femme quelconque s'est alors retrouvée seule comme jamais. Délaissée. Brutalement dépossédée de la vie et de la mort de son enfant. Flouée par la Justice. Maudite. Oui, c'est bien le mot : maudite ! Ciel et terre l'avaient mise au rancart. Et sa douleur se convertit en haine. Impossible de décrire cette haine. Elle grandissait de jour en jour en elle, comme un cancer. Une métastase géante. Ça envahissait son sommeil et ses veilles, ses cauchemars et ses pensées. Elle pensait sans arrêt : « Je vais tirer sur la Justice, je dois le faire ! Cette salope, je lui trouerai la peau ! J'en ferai une passoire ! » Et elle s'est mise à la chercher partout, la garce, à guetter son passage, à tâcher de déceler le moindre signe qui eût permis de l'identifier. Mais l'invisible Justice se dérobait, elle lui fuyait entre les doigts comme une eau furtive. L'art de l'escamotage semblait faire partie de sa vocation, elle s'en donnait à cœur joie. Impossible de tirer sur quelqu'un qui n'est pas fait de chair et d'os, mais qu'on ne voit que dessiné, gravé, statufié, opposant au deuil et à la revanche ses natures mortes. Une triste réalité s'imposait : le meurtre de la Justice ne se trouvait pas à la portée d'une mère vengeresse, il aurait fallu toute une armée du désespoir pour en venir à bout. Et elle n'était qu'un pauvre fantassin en déroute, sans autre pouvoir de frappe qu'un glaçon de haine à la place du cœur. L'acte justicier par excellence, abattre la Justice en personne, se révélait matériellement impraticable. Cette immonde salope continuerait à faire la pluie et le beau temps sans se soucier du malheur que ses caprices semaient en cours de route. Elle gagnait à tous coups ; la femme quelconque était née perdante.

Et le pire arriva : l'assassin de son fils fut remis en liberté. Il récupéra sans problème son ancienne place de garçon boucher. Nul client ne le montra du doigt ; au contraire, tous paraissaient franchement contents de *l'avoir à nouveau parmi eux*, comme ils disaient. Lui, taillant d'une main ferme rosbifs et côtelettes, se donnait des airs. Des airs de petit héros blanc. Et c'en était un : n'avait-il pas, d'un coup de carabine, contribué à nettoyer de ses ordures le territoire sacré de la patrie ? Qui dit mieux ?

Le parcours qui la mène à la boutique où travaille l'assassin, elle le connaît par cœur. Elle l'a fait à maintes reprises, guettant le retour du garçon blond. « Blond, grogne-t-elle à nouveau, les dents serrées. La couleur des anges. Même des anges dévoyés, des anges coupables ! » Les ruelles qui s'entrelacent autour, les escaliers à donner le vertige, avec, tout en haut, la silhouette blanchâtre du Sacré-Cœur, ne sauraient la tromper ni l'égarer. Ses pas l'y conduisent les yeux fermés, comme le lit d'une rivière guide les flots. Puis elle s'immobilise devant la voyante réclame, une tête de veau souriante, bon enfant, et un gentil cochon danseur pirouettant sur ses deux pattes arrière comme une ballerine en biscuit. Ça s'appelle *Aux tendres viandes de France*. Encore un excellent patriote, ce boucher. Si maman n'habitait pas si loin d'ici, du côté du quinzième, elle se serait fait un devoir d'être sa cliente. Les bonnes femmes qui font la causette au blondinet, c'est du pareil au même. Un large sourire de connivence leur fend le visage d'une oreille à l'autre. Comment peut-on sourire de la sorte en parlant gigot ou viande hachée ?

195

Non, non, ça parle plus sûrement du sol national. Ou du droit du sang. Et de faits d'armes. Bienvenu au boulot et au foyer, le bon petit Français, l'anonyme sauveur de notre identité, de notre différence. Car nous avons nous aussi le droit de défendre notre propre différence, et pas uniquement celle des autres.

Postée derrière un arbre, la femme grise guette, le cœur serré. Elle est certaine de connaître par cœur le flot d'amabilités échangées en cet instant chez le boucher. Une bonne armée de garçons blonds comme ce gentil jeune homme et on aura tôt fait de refouler la racaille aux frontières. Ou en enfer. Cette racaille engendrée par des ventres étrangers. Ou des ventres français qui ont choisi de se donner à l'étranger. D'où qu'elle vienne, où qu'elle pousse, la racaille reste la racaille.

Arrête, arrête.

Elle doit se reprendre. Sinon, elle va devenir folle et elle risque de tirer sur tout ce monde-là. Un carnage. Or elle ne veut pas d'un carnage. La Justice, d'accord. Mais pas aveugle, cette fois. Une seule mort suffira à lui rendre la paix : celle du meurtrier. C'est en lui que la Justice s'est incarnée, par lui qu'elle a montré son iniquité. Entre deux races, la grande salope optera toujours pour l'impunité de la sienne. La race des Blancs.

Aurais-tu oublié que moi aussi je suis blanche ? Tu vas voir maintenant de quoi une Blanche est capable !

Dans son sac, la main de la femme grise étreint fébrilement le pistolet. Et tremble. Ce n'est pas

196

encore une main de justicière ; c'est une main quelconque, hésitante, craintive. Elle ne ressemble en rien à la main du garçon blond, sûre d'elle-même, et forte, maniant le hachoir comme, le jour du meurtre, la carabine : sans l'ombre d'une hésitation ni d'une crainte. Un coup sec, précis, et la côte de porc tombe, détachée du quartier de viande. Ainsi son index appuya-t-il sur la détente, atteignant le cœur de son fils noir et l'arrêtant à tout jamais.

Pourtant, au procès, on avait insisté sur le fait qu'à l'origine, cette arme n'était pas destinée au massacre d'enfants noirs. Ce n'était qu'un banal cadeau d'anniversaire. Un jouet, en somme. Son achat avait été destiné à fêter les quatorze ans de son fiston, avait prétendu benoîtement le père du garçon blond. Ce bon père n'entretenait qu'un rêve : pouvoir emmener son fils à la chasse. Un rêve de sportif. La chasse n'est pas un crime, monsieur le juge. Nous chassons tous. Grands et petits. Quand on aime un sport, le mieux est de s'y prendre tôt.

Accord complet.

Ah, le défilé des honnêtes âmes... Honnête femme elle-même, jamais elle n'aurait pu imaginer qu'un tribunal trouverait un si grand nombre de témoins prêts à innocenter un meurtrier, fût-il adolescent. Les employeurs et les voisins d'abord, puis les passants occasionnels, plus tard une assistante sociale, un psychologue, un prof. Tous blancs. Tous convaincus que la culpabilité, pour autant qu'il y en eût une, il fallait sans doute la chercher ailleurs : dans l'environnement social ou familial. Ou à l'école. Ou bien encore dans cette orgie de sang à laquelle se complaisent aujourd'hui les différents médias. « Il suffit de feuilleter une bande dessinée, d'allumer la télévision ou de brancher des jeux vidéo pour que l'enfant se trouve systématiquement immergé dans la tuerie, le carnage, la guerre. Des jeux d'enfant, certes, mais détournés en jeux de massacre où chacun passe son temps à tirer sur l'autre. Une vision manichéenne du monde, un univers ludique présentant l'être humain sous le mode du pile ou face : bon ou méchant, malin ou débile, vainqueur ou vaincu, tueur ou tué. Rien d'autre entre les deux. Le vide. Absence totale des valeurs d'autrefois. »

Qui disait cela ? Un Blanc, porte-parole de Blancs.

De beaux parleurs, en effet. Pondérés, raisonnables. Dignes de participer en fin de soirée à un débat de société à la télévision, sur un de ces plateaux où l'on croirait que la civilité, sinon la civilisation, a finalement eu raison de la barbarie et du chacun pour soi. Les malheurs et les malaises de l'enfance les inspiraient. Mais nul ne fit la moindre allusion au sort de la victime. Un pacte de silence. Morte et enterrée, réduite à néant, la victime avait cessé d'exister pour eux. Une fois pour toutes. Plus de trace d'enfant noir abattu dans l'esprit ni la lettre de ces péroraisons, de ces tirades si belles, si touchantes. Elle, femme grise et quelconque, mais mère de cet enfant mort dont on jugeait le meurtre, se sentit à nouveau bafouée, volée, dépossédée. Julien, qu'elle avait vu grandir comme sa propre branche, son feuillage, sa fleur et son fruit, s'effaçait soudain sous la sécheresse des mots et la froideur des arguments. De sa vie, de la présence de sa vie, de son souvenir, il ne subsistait pas même l'ombre. Rien. On aurait dit qu'on jugeait un crime fantôme. Et elle-même, dans tout ça ? Un tronc stérilisé avant l'âge, livré à la pourriture et à la vermine. Un autre *rien*. Sa main, jusqu'alors vouée au travail quotidien, dévouée aux caresses quotidiennes, s'est armée ce jour-là contre la Justice.

Quant à la mère du meurtrier... Éplorée, la pauvre chose. Accablée. Sincèrement, sans doute. Jamais elle n'oserait douter de son chagrin. La douleur maternelle se porte dans les entrailles, là où on a jadis porté le fruit. Elle est bien placée pour le savoir. Mais de là à devenir cette cariatide tragique sans avoir, elle, de mort à déplorer... Quelle ironie ! Une fois de plus, le soin de distribuer les rôles était revenu à la Justice. Pour elle, mère amputée de son fils, un rôle de figurante ; pour l'autre, mère d'assassin, un premier rôle. Il a fallu assister à l'étalage de tous ses états d'âme. Tous, je vous prie. On l'a vue, exaltée et joyeuse, concevoir par une douce nuit de printemps le bébé blond (incontestablement blond depuis le stade embryonnaire), puis le porter neuf mois animée par l'espoir de porter une parcelle d'avenir (notre avenir *à tous*, précisa-t-elle), ensuite le mettre au monde, blond comme un louis d'or, plus tard le voir grandir, auréolé de blondeur comme les saints de grâce divine... Hélas, elle n'avait pu jouir de cette blonde exaltation que durant les trois brèves premières années du blondinet (trente-six petits mois, gémissait-elle), car, bien à regret, ce fut le jour fatidique de son troisième anniversaire qu'elle quitta le foyer pour en fonder un autre un peu plus bas, dans le Midi, en plein soleil. La vie, que voulez-vous. Ce n'est pas nous qui la menons, c'est elle qui nous mène. Mais attention, elle avait laissé l'enfant en de bonnes mains, celles de son père, lui abandonnant sans rechigner la tutelle du petit. Qu'aurait-elle pu faire d'autre, vu la distance ? Son ex-mari était un homme costaud, solide. Bon chasseur. Bon tireur. Collectionneur d'armes à feu. Un vrai patriote, amateur de fromages et de bons crus. L'enfant blond grandirait à ses côtés à l'abri de toute déviation. Comme bordé dans les plis du drapeau, si elle osait dire. Il ne se frotterait ni de près ni de loin à cette pègre de moricauds et autres nègres qui nous envahissent, monsieur le juge. Son père lui apprendrait à s'en préserver, à s'en défier. Tandis que avec elle, femme plutôt inquiète, fragile, l'enfant aurait risqué de mal tourner en se mêlant à n'importe quel milieu.

Exagère-t-elle ? Sa haine serait-elle à ce point débordante qu'elle la pousserait à déformer la réalité, à n'en restituer qu'une grossière carica-ture ?

Et alors ? Le geste qu'elle s'apprête à commettre, c'est en pleine cour qu'elle aurait dû l'accomplir, devant l'ensemble des justiciers, juges, procureurs, défenseurs, témoins complaisants, père complice et mère complaisante. Leur cracher son dégoût à la figure. C'est ainsi qu'elle aurait dû atteindre l'impassible figure de la Justice, la souiller à jamais. Mais, à l'époque, sa douleur était humble comme un cri étouffé. Une douleur qui ne se permettait pas de pleurs de délivrance. Moins encore de soupirs ou de cris. Sa douleur se taisait. Comme elle-même, d'ailleurs. Elles se trouvaient toutes deux seules face aux autres. Seules face au reste du monde, mère et douleur de mère. Deux fautives contre lesquelles se dressait l'imposante carcasse de la Justice. On aurait cru y voir la mort en personne. Entendre ses sinistres ricanements. Tant pis pour elle, grise femme quelconque, femelle pourfendeuse de lois sacrées. Elle avait joui sur la paillasse d'un nègre clandestin, avait mis bas un bout de négrillon, un avorton qu'elle avait eu l'insigne audace de croire français parce que conçu dans son ventre français. On récolte ce qu'on sème, dit la sagesse populaire, qui ne se trompe pas. Pour toute réclamation, repassez plus tard. Non, pas demain. Ni après-demain, ni la semaine prochaine. En temps voulu. Oui, madame, aux bureaux de l'Histoire. Désormais, c'est elle qui s'occupe de votre cas, la Justice s'en lave les mains. L'affaire est close.

Elle entre dans la boucherie, ouvre son sac, sort son arme et tire sur le meurtrier. Elle tire sur cette adolescence, son jeune sourire, sa liberté recouvrée. Le garçon blond s'effondre. Elle a tué la mort. Pour tuer la mort, il faut aussi tuer la vie. C'est ce qu'elle vient de faire. Elle le comprend d'un seul coup.

Trop tard. Le mal est fait.

Elle lâche l'arme et dit :

— Appelez la police.

Elle ne reconnaît pas sa voix.

Paris-Madrid,
1990-1991.

Composition réalisée
par C.M.L., Montrouge

Achevé d'imprimer en mars 1992
Nº d'édition : 7115 / Nº d'impression : 1967F-5
Dépôt légal : mars 1992
Imprimé en France
54-02-4105-01
ISBN : 2-234-02464-1

Impression réalisée sur CAMERON par
BRODARD ET TAUPIN
La Flèche
pour le compte des Éditions Stock
23, rue du Sommerard, Paris V^e

54.4105.0